Das Buch

Schlimm genug, bei einem Picknick im Sommer das »fünfte Rad am Wagen« zu sein. Aber wenn man außerdem unter Asthma leidet, von eleganten Freunden intellektuell deklassiert, von der eigenen Frau bemitleidet und schließlich zum Gegenstand eines boshaften »Spaßes« gemacht wird, dann ist der Zeitpunkt gekommen zu gehen ... »Kurze Prosa, wie sie bei uns viel zu selten, viel zu wenig geschrieben wird, enthält dieser bemerkenswerte Band – Prosa, in der die Wirklichkeit eine fast parabolische Erhellung erfährt ... Wie die Autorin zu beobachten versteht, mit wieviel Anschaulichkeit sie gestaltet, besonders in der kleinen Welt ihrer Kinderstücke, das setzt in Erstaunen.« (Martin Gregor-Dellin)

Die Autorin

Gabriele Wohmann, 1932 in Darmstadt geboren, studierte Germanistik und Musikwissenschaft in Frankfurt/M. Einige Werke: ›Ländliches Fest‹ (1968), ›Sonntag bei den Kreisands‹ (1970), ›Habgier‹ (1973), ›Paulinchen war allein zu Haus‹ (1974), ›Paarlauf‹ (1979), Erzählungen; ›Jetzt und nie‹ (1958), ›Abschied für länger‹ (1965), ›Die Bütows‹ (1967), ›Ernste Absicht‹ (1970), ›Schönes Gehege‹ (1975), ›Ausflug mit der Mutter‹ (1976), ›Frühherbst in Badenweiler‹ (1978), ›Ach wie gut, daß niemand weiß‹ (1980), Romane. Außerdem Gedichte, Fernsehfilme und Hörspiele.

Gabriele Wohmann:
Sieg über die Dämmerung
Erzählungen

Deutscher
Taschenbuch
Verlag

Von Gabriele Wohmann
sind im Deutschen Taschenbuch Verlag erschienen:
Alles zu seiner Zeit (1164)
Sonntag bei den Kreisands (2528)
Der Nachtigall fällt auch nichts Neues ein (5461)
Ich weiß das auch nicht besser (6307)
Heiratskandidaten (6324)

Ungekürzte Ausgabe
1. Auflage Februar 1981
2. Auflage Juni 1981: 16. bis 25. Tausend
Deutscher Taschenbuch Verlag GmbH & Co. KG,
München
 · ISBN 3-492-00398-2
Umschlaggestaltung: Celestino Piatti
Gesamtherstellung: C. H. Beck'sche Buchdruckerei,
Nördlingen
Printed in Germany · ISBN 3-423-01621-3

Inhalt

Sieg über die Dämmerung

Auch in diesem Herbst holte das kleine Fahrzeug uns aus dem Schlaf: aha, David war wiedergekommen. Ganz früh schon flegelte das Geknatter seines fahrbaren Motors sich durch die Ladenspalten, im Schlafzimmer war es noch nicht Tag und nicht mehr Nacht, aber selbstverständlich standen wir sofort auf.

– Jetzt wirds Winter, sagte die Mutter beim Frühstück. David kam immer an dem Tag, an dem für uns das Jahr um war. Er selbst bestimmte diesen Tag. Wenn er spät am Nachmittag wegging, sah der Garten fremd aus, von da an betrat man ihn nicht mehr bis zum Frühjahr. Das war nun mindestens der zehnte Herbst, seit er damals zum ersten Mal aus dem langen Schlauch grüne Nebel über den ganzen Garten gesprüht hatte: Gift-David im verfärbten Overall und mit verbeultem, tief in die Stirn gezogenem Hut.

Gleich nach dem Frühstück liefen wir hinaus, das Knattern des Motorwägelchens zog uns in Davids Richtung. Ein kalter mehliger Morgen – bald käme Frost.

– Gut, daß wir Ferien haben, sagte ich.

Neben mir keuchte Doda den Hang hinauf.

– O, rief sie atemlos, er hat ja jemand bei sich.

Jetzt sah ich auch den alten mageren Mann neben dem Motor: diesmal würde es anders mit Gift-David und uns, dieser letzte Herbsttag anders und anders der lange gläserne Winter ohne Garten.

Das alte Männchen entdeckte uns hinter dem struppigen Gitter des Jasmingebüschs, jetzt war nicht viel mehr von der ganzen weißen Sommerpracht der Hecken übrig als dürre leere Rutenbündel, schwärzliches Reisig. Das Männchen rückte an seiner Schildkappe und rief, und da drehte sich David um, wir sahen seine unglaublich hellblauen Augen in dem gelbbraunen Gesicht; er senkte die Schlauchspitze, um uns nicht zu treffen mit seinen Nebeln, wir sahn, daß er lächelte, und auch er rief uns zu, aber der Motor war zu laut, wir konnten nichts verstehn. Ich hätte einen Augenblick glauben können, es sei doch alles noch wie früher, obwohl das blaue Männchen mitgekommen war, aber wir hatten uns kaum ein paar Sekunden hinter den Büschen ausgeruht, da machte Doda kehrt; zuerst ging sie langsam weg, zupfte dabei an ihrem Haar herum, und auf einmal fing sie an zu rennen, den Hang hinunter, und schnell, rot tauchte sie kurz danach zwischen den Birken der Terrasse auf und dann war sie weg. Ich blieb noch ein bißchen stehn, betrachtete das Getänzel der hellgrünen Wolken um den scharfen gleißenden Strahl, der aus der Spritze schoß. Den Schlauch setzte ein schmaler meterlanger Messingstab fort, David griff ihn wie eine Querflöte, nur natürlich tiefer. Aber es war mir zu komisch, allein dazustehn; ich ging auch ins Haus zurück und suchte Doda.

Als ich sie fand, wußte ich erst richtig, wie endgültig alles Frühere vorbei war. Doch nichts Offenbares, nichts zum Anfassen oder zum Aussprechen – was denn hatte sich bei uns eingeschlichen? Doda stand am Fenster, starrte hinunter in den Garten; sie hörte mich gar nicht kommen, erst als ich hinter sie trat, drehte sie sich um in einer komischen Hast, die ihr Gesicht sprenkelte.

– Ich sehs mir diesmal lieber von oben an, sagte sie.

Ich stellte mich neben sie: war das da unten noch David wie früher, wie der David eines jeden der letzten zehn Jahrenden, der Gift-David, Kalender-David, Silvester-David, der mit seinen grünen Nebeln den Garten von unsern heftigen Kindersommern säuberte, ihn mit den Wirbeln grüner Flocken umhüllte und ihn uns verbot: Mauer aus Sprühqualm und grünem Schnee. Nein: der David auf dem Birnbaumplatz war neu; so wie Doda sich ans Fenster preßte und ihn bestarrte, mußte er sich ja verändern.

Immer gab es Arbeit für David bis spät in den Nachmittag. Aber diesmal würde es wohl schneller gehn, der kleine alte blaue Mann bediente den Motor und half steifbeinig beim Hin- und Herschieben – so waren sie mittags schon mit dem ganzen Südgarten fertig. David lief mit seinem wiegenden Gang das Nordterrain ab; die Art, wie er die Bäume prüfte, mit den Handflächen über die Rinden strich und hinauf in die Kronen spähte, machte uns alles fremd, was wir einen Sommer über besessen hatten. Wie jedes Jahr war auch in diesem beim Mittagessen von David die Rede.

– Der kleine Alte, sagte der Vater, hilft ihm ganz schön. Er kommt jetzt rascher rum.

– David ist älter geworden, sagte die Mutter, ich glaub, er lebt unsolid.

– Er trinkt zu viel, sagte der Vater, ich hab gehört, daß er im Winter nichts weiter tut als trinken.

Wirklich wußte aber niemand, was David im Winter tat und wo er im Winter lebte. Und keine dieser Unterhaltungen endete, ohne daß wir uns gefragt hätten, was so ein Mann sonst treiben könnte; für uns existierte er nur den einen Tag in grünen Wolken. Immer war er nach einem langen lauten Herbsttag auf dem Bock seines Dreiradkarrens, den der Giftspritzenmotor antrieb, ruckelnd weggefahren in das dunkelnde Nichts des Winters.

– Frag doch unser Küchenmädchen, sagte die Mutter mit einer hellen frechen Stimme, frag sie mal, was er im Winter anfängt.

– Die Katta? fragte der Vater. Ist die hinter ihm her? Ich spürte, wie Dodas Aufmerksamkeit sich spannte.

– Na und wie, sagte die Mutter mit dieser hohen rufenden Stimme, frag sie mal, ob sie was über ihn weiß, außer daß er unter seinem Giftpuder ein schöner Mann ist.

Nachmittags hockten Doda und ich am großen Nordfenster der oberen Diele und sahn ihm von da aus zu: die giftgrelle Schlangenzunge schoß aus der Düse des Metallstabs und leckte schroff über die Stämme der Spalierbäumchen, aus den Zweigbüscheln stöberte sie das letzte schmutzige Laub, fetzte und zerrte die schmächtigen Kronen – und David schritt wiegend, Richter und Befreier, durch die Gartenwege hinter seinen gellenden Wolken. Er trug den Hut tief in der Stirn, über dem braunen Hinterkopf war die Krempe hochgeschlagen; er sah verwegen aus in seinem gelben Schmutz. Jetzt machte er kehrt, zurrte und schleifte den Schlauch hinter sich her; ein paar Minuten lang war es befremdlich still ohne das Genörgel des Motors, den der Alte auf einen Zuruf hin abstellte. Dann zeterte der Motor wieder mit mürrischem Eifer, und David stand beinah zum Greifen dicht unter uns, David mit seinem giftigen Flötenstab in sanften gelbgefärbten Händen – und darauf hatten wir gewartet: als hätte er schon lang gewußt, daß wir beide da oben am Fenster kauerten, blickte er auf und in uns hinein ohne Überraschen und ohne Zurückhaltung, seine scharfen blauen Augen stachen zu wie Dornen, Giftdornen. Ich hielt den Atem an, dachte an Doda, zusammenhangloses Zeug, Doda Doda; und jetzt blitzte senkrecht, sinnlos in die trübe Milch des Himmels gerichtet, die schrille Stichflamme seines Giftstrahls: für Doda, für Doda. Ich hielt mich am Fensterknauf fest, starrte hinunter: die Zunge sackte zusammen, wieder wölkten die Nebel durchs Gezweig der Quittenbüsche; und der Augenblick war vorüber, aber ich hielt es nicht mehr aus neben Doda, rannte weg.

Etwas später geschah das Sonderbare: es wurde plötzlich in allen Zimmern so dunkel, daß man Licht machen mußte; hinter den schwarzen Giebeln der Tannen schwärmte eine düstere Rauchwand herein.

– Es gibt Schnee, sagte der Vater.

So früh schon Schnee. So früh schon dunkel: es war noch nicht drei Uhr. Immer noch saß Doda oben am Fenster; die Wolken aus Davids Spritze sahn schaurig aus, und David selbst und der kleine Alte waren nicht mehr richtig zu erkennen. Dann ging es los: Blitze, die an Davids Strahl erinnerten, züngelten über den Mantel der Dunkelheit, und dann erst staubte Schnee durchs Tannengitter, überall Schnee, kein Himmel mehr, der Flockenstaub drückte sein lautloses Gewicht auf Davids Garten – denn jetzt gehörte der Garten ihm, er war mit Spritzen fertig geworden, und uns blieb nur das Haus und die Erwartung des nächsten Frühjahrs.

– Bei dem Wetter kann man sie ja nicht guten Gewissens wegfahren lassen, sagte der Vater, in ihrem Wägelchen ohne Dach.

Als ich mit Doda allein war, sagte ich:

– Komm, wir gehn in die Küche.

Ich drängelte, Doda wehrte ab, aber ich wußte, daß sie darauf wartete, in die Küche zu David getrieben zu werden.

Komisch: ich war dann auch eingeschüchterter, vielleicht

weil Doda sich so anstellte. David sah anders aus ohne den verbeulten Hut und mit abgewaschener Haut, so blaß, wie ein Kranker; er war nicht blasser als wir andern, aber er allein nur wirkte blaß. Lang lag er, schräg im Stuhl; er sah bejammernswert aus in seiner gelben giftfarbigen Jahrmarktsverkleidung; Giftspritzer-David, was würde er von morgen an treiben, wohin zöge er, in welchen Winter, welchen Sommer?

– Ahhh, grölte David. Ja, er hatte also wieder getrunken, sein rechter Arm hing schwer herunter am Gewicht einer Schnapsflasche; ahhh, die jungen Damen, endlich die jungen Damen!

Wir setzten uns auf die ovale Wandbank im gelbgeplättelten Erker, da waren wir gut von der Dämmerung versteckt.

– Oi jeh, krisch Katta, sie hatte eine spitze leere Stimme, die jungen Damen höchstpersönlich, oi jeh!

Wir saßen steif in unserer Dämmerung, starrten zu ihnen ins Licht: Mammela stand plump, faßleibern im Gang zwischen den Spülbecken und dem Abstelltisch, ihr Busen thronte fett und freundlich über einer Schüssel mit Salat; der kleine alte Mann krümmte sich über eine Tasse Kaffee, er hatte die Schildmütze noch auf dem knochigen Kopf, seine winzigen Augen glotzten ziellos, blind; und Katta trug ihr Ausgehkleid und die hohen Schuhe, die ihr so glatte harte Frauenbeine machten, sie schwirrte hin und her, immer um David herum, und der schrägte sich noch flacher hin auf seinem Stuhl, er hatte gar keinen Bauch; er holte die Flasche und kippte den Kopf zurück, stülpte die Lippen übers Flaschenmaul. Auf seinem zurückgebogenen Hals erkannte ich gelbe Schmierstriemen.

– Ahhh, was für süße kleine Damen, grölte er. He Katta, sieh dir die süßen Dämchen an, he, die eine hat schon Figur, sieh dir das mal an!

Ich sah aus den Augenwinkeln, daß Doda dunkelrot wurde und dick, aufgeschwemmt von Scham. Kattas quietschendes Gelächter schreckte umher; weich rief Mammelas Stimme:

– Laß die Mädchen, David, das geht schlecht aus. Die Kleine erzählt alles weiter, die paßt auf Doda auf wiene Mutter, weiß der Himmel.

David zog seine Sohlen über die Fliesen, stand auf; in der rechten Hand ließ er die Flasche torkeln. Er kam auf uns zu, trat aus dem sämigen Kegelschein der Herdlampe in unsere Dämmerung, in Dodas und meine Dämmerung; ich sah krampfhaft ins Licht hinüber, in des Alten blicklos glotzenden Knochenkopf, ins milde Gebirge von Mammelas Busen und in Kattas Grimasse – alles verzerrt in einem absichtsvollen undeutbaren Hohn. David schlurrte auf uns zu, lächelte: für Doda, für Doda. Für Doda mit Figur – Doda verloren und David verloren und viel mehr verloren, als ich denken konnte. Ich sah ihn kommen, sah ihn auf Doda zukommen; jetzt wußte ich es plötzlich: besieg es.

Das vergesse ich mein Leben lang nicht: David zuckelte besoffen auf uns zu und starrte Doda an, und die stand auf, steif und schwer, und erwartete ihn auch wohl; aber als er sie packen wollte, warf ich mich schräg über sie, und er war so betrunken, daß er den Unterschied nicht merkte und die Kleine festhielt, die Kleine ohne Figur, fest in seinem Griff, fest in seinem bissigen Giftkuß – für Doda, für Doda, und ich hatte es an mich gerissen.

Der Schneesturm hörte gegen fünf Uhr auf, es war so hell und so trüb wie jeden Nachmittag im November gegen fünf Uhr. David saß auf dem Bock seines dreirädrigen Giftgefährts, der Alte blau und mager und stumm neben ihm. David sah von hinten aus wie immer, nur der Nacken schimmerte weißlich zwischen dem braunen Haar und dem Overall. Und so ruckelten sie weg in den Winterabend.

Im Irrgarten

Es war ein Tag, den niemand von uns je vergessen wird – kein Wunder! Und zwar nicht, weil Robert eine Wespe verschluckte, das hielt ihn erfreulicherweise eine Weile davon ab, in Terrys Ausschnitt zu starren; und nicht wegen der Modellbootregatta oder weil Schobs die Schafe mit Papierschnitzeln fütterte, um sie zu necken, und nicht wegen all der vielen andern kleinen Sonntagsdinge, selbstverständlich nicht. Den, der die Geschichte kennt, wird es nicht erstaunen, weshalb für uns alle, für Robert und mich und für Elsa und sogar für die leichtlebige Terry, dieser Sonntag damals im Spätsommer herausfällt aus der Kette aller Tage und Wochen und Monate, nein, es kann keinen wundern, keinen, den wir eingeweiht haben. Die Polizei hat übrigens nicht das Geringste ausrichten können, alle Nachforschungen ergaben nur, daß die Verantwortlichkeit für das Geschehnis außerhalb der Wirklichkeit und des menschlichen Vermögens gesucht werden müsse. Doch wer kann da suchen?

Und das Komische, ja das Hinterhältige war, daß nichts uns warnte, kein Zeichen, keine Andeutung, nicht einmal der Himmel war grau oder sonstwie gefärbt, keine vielleicht merkwürdige Wolke machte uns aufmerksam, kein Geräusch im Wind, nichts. Alles war wie immer bis zu dem Augenblick, in dem wir hintereinander uns durch den schmalen Eingang des Irrgartens drängten, nein, auch da war alles noch wie immer und es hörte erst dann auf, wie immer zu sein, als es geschah, das heißt, als wir merkten, daß es geschehen war.

Denn Elsas Picknick schmeckte wie immer und Schobs trottete gutmütig daher wie immer und bezahlte all die Eintrittsgebühren – ja, Schobs! Sein Gesicht trug, wie gewöhnlich, einen Ausdruck nachdenklicher, angespannter Langeweile: man konnte ihn, mit seinen dicken, tiefeingekerbten Falten in der fleischigen Stirn und so lang er schwieg – das tat er meistens – für einen in Probleme vertieften Mann halten. Es sollte ein schöner Sonntag für ihn werden, darüber waren wir alle uns einig und deshalb hatten wir beschlossen, nicht in die Heidehügel zu gehen, wo es nichts zu sehen gibt außer der Silberbirkenschonung, wenig Spaziergänger und darum wenig Hunde, deren Rasse man im Wettbewerb so schnell wie möglich ausrufen kann, und nur noch selten Segelflieger und nur, wenn das Wetter günstig ist, die Verkehrsflugzeuge der großen Linien. Ich habe Schobs immer die Sonntage gegönnt, an denen wir nach Beauregard-Park gingen und am Fluß zurück, ich gönnte ihm jedes einzelne Boot auf dem Fluß und freute mich über jede einzelne der vielen Buden, die Orangensaft und Eisstangen feilboten.

Ein Tag, den wir nicht vergessen können, der immer wieder auftauchen wird aus diesem Strom heißer Feriensonntage, und leider nicht, weil etwas geschehen wäre, das wir mit einem Namen benennen könnten. Robert besteht darauf, daß wir endlich aufhören sollen, noch länger darüber nachzugrübeln; ich glaube, er hält den Fall eigentlich für verabredet, fürchte, er verdächtigt Elsa. Oft genug bekam sie die Frage zu hören: War Ihre Ehe glücklich? Und ihre Art, ja zu sagen, war, soweit ich überhaupt irgend etwas beurteilen kann, ehrlich, ganz uneitel, ganz nackt. Glücklich nicht, wie Terry und Robert und wahrscheinlich auch ich das verstehen. Glücklich war sie, weil sie Schobs voll Mitleid gern hatte; aber Leute wie wir, die eine unerbittliche Hoffnung haben nach etwas Verstiegenem, Hochfliegendem, würden uns von so einem Gefühl nicht zufriedenstellen lassen.

Der Tag fing harmlos an wie alle andern. Elsa machte Robert und mir – wir waren aus dem gleichen Bus gekommen – die Tür auf: frisch und hell im Sommerkleid und sogar geschminkt, das krause Haar mit Puder aufgebauscht. Durch den immer abendlich dunklen Flur, in den bloß ein bißchen grünes Licht von der schmalen Scheibe in der Haustür fällt, durch den langen dunklen Flur, der leicht ansteigt nach der Haustür hin, kam Schobs; ich sehe das noch oft vor mir, wie er da aus seiner geliebten Küche heraufkam in das matte grüne Licht aus der Eingangstür: hätte er die doch nie aufgemacht für diesen Sonntag. Ja, er hatte sein Lieblingshemd an. Das wurde nachher alles genau festgelegt: das beige Hemd, das mit dem Gummizug im Bund, das er über der Hose tragen konnte, und darunter Hosenträger. Dickgefüttert, sauber, die Eintrittsmünzen klimperten in den Taschen. Wir saßen im Zimmer nach der Straße zu, in den weinroten Sonntagsmöbeln, um auf Terry zu warten; deswegen fällt mir auch so wenig oder nichts ein, wenn ich mich darauf zu besinnen versuche, ob an Schobs oder auch an Elsa etwas Besonderes schon auf das Ereignis hinwies, deswegen, weil ich schon wieder einmal darauf hoffte, Terry würde nicht kommen, würde absagen und ich hätte Robert für mich, ja und dann war es natürlich Robert selbst, der mich ablenkte: wenn ein Mann wie Robert im Zimmer ist, kann mit hundert Schobsen das Ungewöhnlichste geschehen und man merkt es nicht. Aber selbstverständlich kam Terry und selbstverständlich war sie wieder hübscher, als man vom letzten Mal her behalten hatte, und selbstverständlich mit tiefem beutelndem Ausschnitt und umweht von ihrem rauhen Parfum, das sie so überlegen macht, wenn sie unsere schläfrige Unterhaltung aufstört.

Robert und Schobs übernahmen die Picknicksäcke und wir sagten dem Vogel Tino Lebwohl, stumm hockte er zwischen seinen Spielsachen hinter den Stäben des Käfigs, dessen Tür wie immer offenstand; ich erinnere mich sogar noch daran, daß Schobs ihm seinen feisten Zeigefinger gekrümmt hinhielt, um ihn zum Kußgeben aufzufordern, und zu den knackenden knipsenden Monologen, die nur Elsa und Schobs verstehen können; er hielt den gekrallten Finger hin, aber Tino bewegte sich nicht, sein eingedrückter beleidigter Kopf blieb starr. Hatte das eine Bedeutung? Jetzt, da es mir wieder einfällt, da ich Schobs so stehen sehe mit dem Finger für den Vogel ausgestreckt, da ich das leise lockende Schmatzen seiner breiten Lippen wieder höre, könnte es mir fast so vorkommen, als hätte der Vogel mit seinem ungewohnten Trotz sich uns zum Zeichen machen wollen.

Elsa schloß die Fenster, dann die Haustür. Natürlich gelang es Robert, im Bus den Platz neben Terry zu erwischen und dazu noch sich zu gebärden, als handele es sich um eine Geste der Höflichkeit, aber ich konnte gut sehen, daß er nur darauf erpicht war, Terrys hüpfende Bluse zu betrachten. Ich kann es nicht anständig von ihm finden, daß er immer nur auf Vergnügen aus ist, und immer ließ er schon Schobs alle Fahrkarten und Eintrittsgelder bezahlen, ohne sich wenigstens dafür ein bißchen um Elsa zu kümmern – doch wer kann einem Mann wie Robert böse sein, wenn er sich nicht selbst schaden will?

Beauregard-Park buntgescheckt von Sommerkleidern, hellen Hemden, den Segeln der Modellboote. Wir fanden eine Bank im Schatten von zwei ineinandergewachsenen Eichen, und Robert passierte das Unglück mit der Wespe, die auf seinem Käse gesessen hatte. Schobs hockte am Bach, hielt die Seile, an denen die Bierflaschenhälse festgebunden waren; jetzt bin ich zufrieden bei dem Gedanken, daß ich mich einen Augenblick neben ihn setzte, und damals tat ich es nur aus Ärger über Robert und Terry; ich bin heute froh, daß der Ärger es mich tun ließ, froh, daß ich neben Schobs saß und mit ihm in das schleimige braune Wasser starrte, das träg dem Teich zufloß und mit seinen Moosschwänzen die Bierflaschen umwedelte. Elsa packte die Picknickreste ein, legte sich ins Gras; und Terry kümmerte sich sehr um Robert, er sperrte den Mund auf, um ihr die Stelle, die von der Wespe gestochen wurde, zu zeigen, sie machte sich viel mit ihm zu schaffen, viel Hin und Her und Vorbeugen, damit er ihren weißen fetten kleinen Busen sehen konnte. Später biß Elsas Ingwertorte uns in die Gaumen und wir mußten uns nochmal übers Bier hermachen, dunkles schwerfälliges Bier, warm aus dem warmen Bach, bitter genug, so daß der starke Malzgeschmack nicht störte. Schobs qualmte seine zahllosen Zigaretten, um die Langeweile zu vertreiben; ich weiß noch: sein feistes wulstiges Gesicht schwitzend rot, aber gewiß nicht verändert, gewiß unbefleckt von jeder Vorbedeutung. Elsa mit dem Ausdruck erster Verdrossenheit, denn eigentlich hat nach dem Picknick schon jeder genug, jeder spürt seine Nerven; borstige Grasschöpfe und die Erde runzlig, das Licht zu hell, und man soll unaufhörlich miteinander reden und lachen – es ist zu viel, zu Hause und ohne die andern wäre alles bequemer und sinnvoller.

Doch taten wir es ja hauptsächlich Schobs zuliebe, was konnten ihm schon die kurzen Ausflüge in die Heidehügel bedeuten. Wir glaubten wirklich, ihm eine Freude zu machen mit diesen Sonntagen im Beauregard-Park – waren wir also blind? Konnten wir nicht sehen, daß er sich langweilte? Doch. Aber er schien diese Langeweile zu schätzen, die Langeweile des Beauregard-Parks, nicht die der Heidehügel, deren verblichene öde Weite ihn wahrscheinlich erschreckte. Es schien ihm Spaß zu machen, am trödelnden Bach seine Zigaretten zu rauchen und ab und zu ein bißchen einzuschlafen und wieder aufzuwachen, wenn zum Beispiel ein Rudel Enten ans Ufer patschte und zu ihm hinwackelte: dann warf er Brotbröckel ins Geschnatter, zwang uns alle hinzusehen und es sehr komisch zu finden.

Terry lag auf dem Bauch, buchtete ihre Bluse, aber jetzt nach dem Picknick roch man schon nichts mehr von dem Parfum, und ihr Haar glänzte in seinem derben fettigen Gelb.

An jenem Sonntag sahen wir dem Wettrennen der Modellsegelboote zu; in kniehohen Gummistiefeln wateten die Bastler neben ihren Schiffen her, wir blieben wirklich nur stehen, um Schobs den Spaß zu machen. Es kam vielleicht überhaupt von dieser Langeweile und weil wir es gut mit Schobs meinten, daß wir auf den kleinen Spaß verfielen, denn wir alle empfanden – vielleicht täuschten wir uns auch – die Langeweile müsse für Schobs am schlimmsten sein: einfach nur so im Gras zu liegen und in der Sonne. Daß gerade Elsa, die ihn nach zwölf Jahren Ehe hätte kennen müssen, den Spaß als erste anregte – nachdem es heraus war, kam es uns vor, als wäre es unser eigener Gedanke gewesen – daß auch Elsa es war, die den genaueren Plan entwarf, hat Robert noch mißtrauischer gegen sie werden lassen. Er redet manchmal von Absicht, spricht das Wort »Spaß« merkwürdig aus.

Ins Gewächshaus konnte Schobs wegen seines Asthmas nicht mitkommen, und obwohl wir die Pflanzen längst kannten, gingen wir zu viert hinein nach wortlosem Einverständnis; das war, bevor der Scherz überhaupt erwähnt wurde, und folglich mußte er unser aller Gedanke gewesen sein und es ist ungerecht, ihn Elsa, die nur als erste den Mund aufmachte, allein zuzuschieben. Denn nichts war verabredet, als wir plötzlich und stumm übereinkamen, Schobs draußen auf der Bank zu lassen und uns drin in der dampfenden Schwüle der Glashaustropen zusammenzutun, ohne Schobs, und sogar, als wären wir noch nicht frei genug von ihm, die weiße Wendeltreppe hinaufzusteigen, so anstrengend das auch für uns war. Nur um uns weiter von ihm zu entfernen. Und warum wollten wir das denn?

Das Schwitzen leckte über unsere Körper und die Kleider klebten an der Haut. Ich weiß noch, daß wir längere Zeit einfach stumm in dem grünen feuchten Blattdickicht gestanden hatten, plötzlich verbündet. Wir wußten Schobs draußen allein mit seiner geduldigen lähmenden Langeweile, wußten ihn von uns verlassen. Nur unsere Gnade hatte ihn bei uns geduldet, er gehörte nicht dazu. Er gehörte auch nicht zu Elsa. Es mag uns wohl damals im Gewächshaus klargeworden sein, daß jenes schamvolle Mitleid, das wir immer wie einen Schutzschleier um Schobs gehüllt hatten, gerechterweise Elsa zukam: denn hatte er nicht mit seiner deftigen gutmütigen Dummheit ihr Leben verdorben? Verdarb er nicht nun auch uns dreien die Sonntage, indem er uns Schuld und Erbarmen empfinden ließ? Als wir da oben standen in dem erdigen sickernden Blattschweigen, lag der Gedanke an Schobs wie ein Gewicht auf uns. Und so wird uns wohl der kleine Spaß eingefallen sein – noch immer nennen wir es so – von diesem Druck aus uns herausgepreßt, und wirklich: Elsa war es nur, die es zuerst aussprach.

Er zeigte sich, wie wir es erwartet hatten, sehr erfreut über unsern Vorschlag. Er liebte den Irrgarten. Er war traurig, als vor ein paar Wochen auf dem Heimweg von Beauregard-Park Elsa verkündet hatte, da der Irrgarten außer Schobs niemandem mehr Spaß zu machen scheine, könne man in Zukunft auf ihn verzichten. Robert und Terry drückten sich nur noch auf den leichten Wegen, die von niedrigen Hecken abgegrenzt waren, in der Nähe des Ausgangs herum, und Schobs würde sich schön blamieren, wenn er als der Älteste sich an die kindischsten Vergnügungen klammern wolle. Selten wurde und wird in unserm Kreis auf Schobs' geistige Anspruchslosigkeit angespielt, Elsa mußte sich also heftig über Robert und Terry geärgert haben, mehr über Robert, denn von einem Mädchen wie Terry kann man unmöglich Takt erwarten.

Und wie immer ging Schobs auf dem schmalen Pfad zwischen Buchsbaummauern voraus, das ergab sich so, weil er an der Kasse neben dem eisernen Schwinggitter des Einlasses für uns alle bezahlte, und damals drängte sich auch keiner vor ihn, um anzuführen; eine Zeitlang hatten wir darin gewetteifert, wer von uns am schnellsten zum Ausgang fände – aber das war sowieso lang her. Denn natürlich mußte diesmal Schobs vorangehen. Wir trugen ihm auf, einen besonders komplizierten und langwierigen Weg zu beschreiten – es ist jetzt, hinterher, wahrhaftig eine Beruhigung für uns alle, daß er noch so viel Spaß gehabt hat durch unseren Vorschlag. Wir können ihn noch sehen, wie er eifrig, breit, wichtigtuend den Pfad entlangging, immer tiefer hinein, stolz und gutgelaunt der Speckfurchennakken und der stramme Rücken in der beige leuchtenden Hemdbluse: gut, daß wir uns an dieses Bild noch erinnern. Aber daß wir uns leider vorstellen können, wie er seinen munteren Marsch fortsetzte, ohne davon zu wissen, wie wir, einer nach dem andern, uns zurückstahlen – er hörte ja schwer, vermißte unsere Schritte nicht – daß wir ihn immer weiter so eindringen sehen müssen in den grünen Schacht, das ist keineswegs tröstlich. Oft wurde Elsa gefragt, von Verwaltern, Polizisten, Nachbarn: Hatten Sie Ihren Mann auch früher schon vorausgehen lassen und war er imstande, den Ausgang zu finden? Wir alle vier wissen darauf keine rechte Antwort, können uns nicht genau entsinnen: gewiß, Schobs ging oft an der Spitze unseres Trupps, doch lösten wir ihn später nicht immer ab? Das wissen wir noch ganz genau: jeder von uns vieren hat einmal angeführt und den Ausgang gefunden. Und Elsa glaubt sich daran erinnern zu können, daß wir auch Schobs schon nach einem geschickt gefundenen Rückweg gelobt hatten. Fest steht bedauerlicherweise, daß wir nicht recht sicher sind. Das hätten wir jedoch sein müssen, bevor wir den Scherz ausführten. Es war ein langes, zuerst gelangweiltes, dann besorgtes, endlich verzweifeltes Warten vor dem Schwinggitter, als es kühler zu werden anfing, als der Park sich leerte, als Stimmen sich verloren – so daß wir wenigstens Aussicht hatten, Schobs mit unseren Rufen zu erreichen – als der Mann sich aus seinem Kassenkäfig klappte und ein bißchen mit uns wartete, als er schließlich, weil der Park geschlossen werden mußte, die Verwaltung herbeiholte und als dann auch noch die Polizei eintraf und ein Sachverständiger für Irrgärten. Sie alle drangen ein, durchkämmten die schmalen Pfade, auf die der Buchsbaum die Schatten der Nacht breitete, so daß die Suchaktion bis zum andern Morgen eingestellt werden mußte. Doch über die Suchenden stiegen unsere Rufe, über die grünvermauerten Windungen seines Verlieses – er hätte sie doch hören müssen, und wir die seinen, oder rief er nicht, ja, warum rief er denn nicht?

Von unserer Seite aus blieb wirklich nichts unversucht: sie legten einen Papierschnitzelweg an; doch wo sollten sie ihn enden lassen? So waren am Schluß alle Wege mit Schnitzeln bestreut und nichts hatte sich damit verbessern lassen. Dann machten sie sich zu zwölft auf, jeder bekam seinen Posten, von dem aus er seinen Pfad von der einen bis zur andern Windung im Auge haben konnte. Und schließlich wurde beschlossen, den Irrgarten zu zerstören, die Hecken niederzureißen. Doch da erhob Elsa Einspruch – daß sie das tat, verschärft übrigens den Argwohn gegen sie, den Robert als erster lautwerden ließ – wenn man ihn jetzt noch fände, das brachte sie vor, wäre er doch tot, verhungert oder von der Verzweiflung umgebracht, warum ihn nicht ruhen lassen? In Wahrheit aber glaubte niemand, der von der ganzen Sache wußte, man könne Schobs noch finden, auch seine Leiche nicht. Zum Beipiel konnte der Mann an der Kasse seine Behauptung, Schobs habe den Irrgarten nicht verlassen, vor der Polizei nicht aufrechterhalten: er hatte zu viel zu tun an jenem Nachmittag, um jeden Besucher zu bemerken. Und außerdem ist der Irrgarten von Beauregard-Park nicht so verwickelt angelegt, selbst ein Mann wie Schobs hätte sich wenigstens am Abend des nächsten Tages herausfinden müssen. Schobs war nicht mehr da. Wäre er dagewesen, so hättc er rufen können. Oder er hätte mit seinen Streichhölzern ein Feuer machen, hätte sich quer durch die Hecken schlagen können. Er war nicht mehr da. Ob wir das gewollt hatten. Keiner von uns hatte ihn je gehaßt. Es lag nichts gegen ihn vor, nichts gegen uns. Es war alles wie immer, als wir ihn allein auf der Bank ließen; den kleinen Spaß überlegten.

Vielleicht bringt der Winter uns Schobs zurück. Ihn im nächsten Sommer wieder bei uns zu haben: das wäre nett und beruhigend. Ich glaube, wir wünschen es uns. Wenn wir es nur ganz genau wüßten.

Der Abflug

Damals bewirtschaftete Laura den Felsenkeller allein, wenn man die alte Köchin nicht mitzählte und die moralische Unterstützung des Bierwagenfahrers, mit dem sie seit Jahren verlobt war: der Gedanke lag nah, daß einer von ihnen oder gar alle beide die Ehe ein wenig fürchteten, aber es schien doch in erster Linie Wotan zu sein – so wurde er genannt, keiner wußte genau warum – Wotan, der einfach Lauras Kinnbärtchen zu dunkel und zu üppig fand und ihre Beine zu flaschig und ihre Haut zu schlaff, und der darum als Dauerfreund und Stammgast und regelmäßiger Lieferant sich wohler zu fühlen glaubte als in der Rolle des Ehemanns.

Der Besitzer war sehr plötzlich gestorben, und bis man die Nachfolge bestimmt hatte, verwaltete Laura alles; niemand würde ihr so viel Schwungkraft zugetraut haben, sie war doch so eine Langweilige, Schwammweiche. Es hängt ja jetzt allerlei an ihr, sagten sie. Sehr stark wurde der Felsenkeller zwar nicht besucht – eine übrigens durchaus oberirdische Angelegenheit, ein Haus wie jedes andere, ziemlich schmucklos, sein Erbauer hatte den Sprengplatz einer verlassenen Steingrube gewählt – obwohl er unmittelbar an der Straße stand, die Gegend nicht einmal schlecht war: von der Terrasse aus überblickte man die schläfrig fruchttreibenden Ackerhügel, sah hinauf zur schwarzen Tannenmütze des Fuchsbergs. Der eben hielt die Besucher vom Felsenkeller fern, denn wer schon aus der Stadt kam, blieb sicher nicht gleich in der ersten besten Vorstadtwirtschaft hängen; hellbraun lockten zwischen den Äckern die über die Hänge zum Fuchsberg trödelnden Wege.

Aber in guten heißen Sommern kamen sie doch, und sogar zweimal, auf dem Hinweg und auf dem Rückweg, in durstigen, schwitzenden, mürrischen Scharen. Nur war Lauras Sommer kein guter, damals hing ein schwerer, ewig gewittriger Himmel tief über den feuchten Blattfolien der Buchen, deren Stämme dunkel die gegenüberliegende Seite der Straße säumten und an Arkadenpfeiler erinnerten mit ihrer Laublast: die Blätter waren in diesem nassen Jahr dicker und größer als sonst, spannten ein wisperndes Bogendach über den Sommerweg.

In diesem Sommer kamen gar keine Ausflügler herausgefahren, und daher saßen nur die Vorstädter ab und zu an den weißen Gartentischen der Terrasse, sprachen ein paar Worte mit Laura, tranken ihr Bier, und bevor die unfreundlichen Wolkenschwärme sie endgültig verscheuchten, stellten sie sich vor die hohe dunkle Vogelkäfigwand, klopften flüchtig und gelangweilt gegen die kleinmaschigen Drahtgitter und fragten Laura nach diesem oder jenem der andern Tiere; und dann bot Laura sich an, mit ihnen in den Tierpark zu gehn, der zwischen der Rückfront des Felsenkellers und der Steinbruchwand lag und aus fünf Käfigen und drei Freigehegen bestand; aber sie wollten meistens nicht, entschuldigten sich unzufrieden und verlegen – wir kennen das Viehzeug schließlich im Schlaf, sagten sie, wenn sie wieder unter sich waren.

Das war die Zeit, in der Genoveva auftauchte – niemand glaubte ihr den Namen, von dem sie doch behauptete, daß sie ihn weder erfunden, noch, wenn es schon ein richtiger Name sein sollte, sich selbst gegeben habe, um herauszukehren, sie sei etwas Besonderes. Genausowenig stimmte ja auch das Gerede über ihre Herkunft: von weit, weit, sagte sie, und wie konnte man ihr das glauben, wenn diese Weite so leer und namenlos blieb. Nicht nur dem, was Genoveva sagte, in ihrer überschwenglichen, hochtrabenden und feurigen Art – so als gälte es, sich vor einem unsichtbaren, immer anwesenden Ankläger zu rechtfertigen – mißtrauten ihre Zuhörer mit stumpfem Trotz, sondern gegen die Person hegten sie Argwohn; warum? Sie tat doch niemandem etwas zuleide, eher das Gegenteil: denn sie gewöhnte es sich in den regenschweren Sommermonaten von Lauras Alleinherrschaft an, täglich den Tierpark zu besuchen; pünktlich wie ein Uhrzeiger – und auch so schwarz und so dünn – erschien sie dort eine Viertelstunde nach Arbeitsschluß der Fahrradfabrik, in der vor einem Fließband von morgens um sieben bis nachmittags um vier ihre Finger die vollkommen gleichbleibende Schraubarbeit verrichteten; sie hatte in ihrer schwarzen Tasche für jedes Tier ein bißchen Brot, das sie, kleingebröckelt, durch die Drahtmaschen warf. Sie stellte sich nie sehr dicht vor die Gitter, ihr Verhältnis zu den Tieren war scheu, auch in der Art, wie sie leise mit ihnen sprach, lag Schüchternheit. Deswegen konnten die Zuschauer ihrer Fütterungen die große, schwarzangezogene Frau nicht leiden. Warum machte sie nur so viel Theater? Wenn sie die Tiere in Wirklichkeit gar nicht gern hatte, sollte sie nicht dauernd das Gegenteil zu beweisen versuchen; das fanden sie übertrieben.

– Von weit, weit, sagte Genoveva mit ihrer schwärmerischen Stimme; gegenüber am Tisch saßen Laura und Wotan und der pensionierte Omnibusfahrer mit seiner Frau. Aber woher, wollt ihr immer wissen, nun, es ist so weit weg, daß ihrs nicht mit euren Bierwagen und Omnibussen erreichen könnt, es ist schon viel weiter.

Laura kicherte; sie goß die Gläser wieder voll.

Und der Omnibusfahrer rief:

– Heut wollen wir noch viel trinken, was denkst du! Und schubste seine geknickte Frau, rutschte auf seinem Stuhl hin und her, er konnte einfach nichts vertragen.

Endlich schob sich sogar durch diese schwerfälligen, grauäugenden Wolken die Sonne, die hohe Reihe der Vogelkäfige strahlte im Licht, so daß man deutlicher als vorher merkte, wie eingesperrt die Tauben und die Fasane und die Sittiche und die andern waren.

Genoveva stand auf, ging zur Käfigwand: hinter dem ersten Gitter schlief der fette übellaunige Sperberhahn, eigentlich keine Sehenswürdigkeit; hinter dem zweiten gurrte die einförmige Klage der beiden Taubenpärchen, die ihrer weißen Farbe und ihrer Größe wegen gefangen waren, oben auf dem Volièrendach genossen ihre grauen Verwandten die Freiheit des Taubenhauslebens, flogen faul kurze Strecken und stellten sich dann wieder auf die hölzernen Sprungbretter vor ihren Fenstern, von wo sie mit einem Ausdruck starrer Unzufriedenheit umherblickten. Im dritten Käftig hastete der eitle Goldfasan hinter dem töricht und trostlos nickenden und wegeilenden Rebhuhn her, und Genoveva ging auch an ihm vorüber; sie machte sich nichts aus dem bunten Großtuer, während alle andern Besucher gerade ihn am liebsten hatten: so samtig rot war sein Bauchlatz und schwarz die Ringe im goldenen Kragen, fest und breit der Schwanzbusch.

Sie stellte sich vor den nächsten Käfig, in dem das harte Geschrei der Sittiche den großen schwarzen, auf die Stange gekauerten Vogel ohne Namen umflatterte, quälendes höhnisches Geschwärm wie von Ungeziefer; und sie drehte sich schnell um zu denen am Tisch und rief:

– Was ist er denn nur für einer, wissen Sies denn immer noch nicht, wie er heißt?

– Irgendeine Fasanenart, sagte Laura, und die andern lachten.

– Nochmal im Leben achtzehn sein, achtzehn junge Jahre, sang der Omnibusfahrer.

Genoveva stand vor dem Käfig und starrte den Vogel an, der außer den schmutzenden weißen Federn, die ein Dreieck auf seiner Brust bildeten, und außer der dunkelroten Kopfkrone ganz in Schwarz gehüllt war, bis zu den um die Stange gekrallten Zehen hinunter reichte das finstre Kleid; auf dem Schnabel schien ihm die Farbe abgeblättert zu sein, grau und verdrossen ragte er aus der fiedrigen Schwärze. Sein Kopf war rund, komisch klein gegen den langen Körper, die Augen stumpf, merkwürdig tot.

– Ich kenne ihn, rief Genoveva denen am Tisch zu, jetzt fällt mirs ein, er ist in dem Land heimisch, aus dem ich komme, auch den Namen werd ich bald haben.

– Ach was, sagte Wotan, er ist einfach ein alter schmutziger Fasan, halbtot.

Aber Genoveva rief wild und breitete ihre beiden langen schwarzen Arme aus – wie ähnlich sie so dem trauernden Vogel sah – sie hatte rote Flecke auf den Backen:

– Nein, eine Fasanenart ist es nicht, keinesfalls; er ist ein Vogel aus meiner Gegend, der einzige wirklich typische Vogel für das Land, aus dem ich komme, wartet nur, ich finde auch noch den Namen.

Sie ging ihnen in den nächsten Tagen auf die Nerven; sehr rasch absolvierte sie jetzt ihre Besuche bei den nörgelnden Rhesusaffen und beim hoheitsvoll schreitenden Pavian, der sie mit verächtlichem, besserwisserischem Ausdruck im haarigen Gesicht ansah, wenn er in seinen Wanderungen plötzlich innehielt und schnell und unvermutet am Gitter hochkletterte; und den Rehbock ließ sie schlafen, lockte den Steinesel und die afrikanischen Ziegen nicht aus ihren Verschlägen und nicht den Waschbären aus seinem feuchten beschleckten Strohversteck. Nach diesen hastigen Umwegen über den Tierpark besuchte sie den schwarzen Vogel bei den Sittichen, und die Eile und die Rührung, mit denen sie sich vor den Käfig begab, ähnelten der eifrigen, glücklichen und verzweifelten Aufregung der Verliebtheit.

Aber sie schien keinen Einfluß auf den Vogel zu haben. Immer blieb er in sich gekauert und stumm, seine langen schwarzen Schwanzfedern stachen wie ein Dolch mit gestumpfter schartiger Klinge unter der Stange hervor, deuteten in den beschmutzten Sand. Groß und dunkel hockte er vor einer bemalten Pappwand, die in trüben Farben die Kühnheit schroffer Gebirge imitierte und den rätselhaft leidenden Vogel verhöhnte; starr blieb er im Tumult der Sittiche, die um ihn grellten, grasgrün und himmelblau und zitronengelb gefärbt und gestimmt. Viele seiner dunkelroten Kronenfedern lagen unter ihm im Sand, stumm und taub und blind ertrug er den Ausfall seiner Farben: eines Tages würde er ein ganz schwarzer, etwas schmutziger, unscheinbarer Vogel sein, ein düsterer Gefangener.

– Sie stellt sich wirklich an mit ihm, sagte Laura. Es ist schon reichlich verrückt, wie sies mit ihm treibt.

Ihre dicke weiße Haut schimmerte durch die Nacht, wie Sahneoberfläche ihr am Kehlkopf gewölbter nackter Hals; sie saß allein mit Wotan auf der Terrasse des Felsenkellers, ihre Stühle hatten sie eng aneinandergerückt, und Wotans Arm lag auf der Lehne hinter Lauras Rücken.

– Sie ist eine komische Person, sagte Wotan.

Ihr Gespräch schlich träg dahin, ohne Eifer. Diese Nacht war schwül und schwer, gelb schwamm der runde Mondkopf im Himmel; und obwohl das Laub im Arkadengewölbe über der Straße sich reglos verhielt, und die Vögel schliefen, und kein Laut aus der Vorstadt sich vernehmen ließ, wirkte diese Ruhe nicht echt.

– Mir machts ja nichts, wenn sie kommt und sich um ihn kümmert, sagte Laura, sie überkreuzte die Arme auf der Brust und schlang die Beine umeinander, klemmte das rechte Schienbein hinter die linke Wade; ihre flüssige Stimme klang tiefer als am Tag: Mir persönlich machts nichts, aber es ist wegen der andern. Wenn sie sich so komisch benimmt, vertreibt sie mir womöglich noch die paar Gäste, die sich bei dem Wetter herwagen.

Wotan nahm seinen Arm von der Lehne, legte ihn sacht auf die blaßhell in die Dunkelheit blinkende Schulter: wie weich, wie warm.

– Na so schlimm ists, glaub ich, wieder nicht, sagte er.

– Ich verstehs nicht, sagte Laura. So ein alter schmutziger Fasan. Zu den andern Tieren geht sie jetzt nur noch am Wochenende, wenn sie viel Zeit hat.

Sie schwiegen beide. Die merkwürdige Frau: jeden Nachmittag hastete sie ungeduldig die Böschung des Felsenkellers hinauf und an einen der Tische und nahm einen Stuhl weg, schurrte den hinter sich her über den Kies zum Käfig, und dann saß sie still am Gitter mit ernster ergriffener Trauer wie um einen büßenden Liebhaber, und man sah ihr an, daß sie unter dem Lärm und der Unruhe der Sittiche litt – diesen farbigen Geschossen, in Gelb und Blau und Grün – und unter dem anscheinend für alle Ewigkeit beschlossenen Schweigen ihres Vogels. Flüsterte sie mit ihm, redete sie ihm zu? Was könnte der Inhalt ihrer lautlosen Zwiesprache sein? Holte sie sich, während sie ihn anstarrte, Erinnerungen an ihr Land, das sie beide verloren hatten und dessen Namen sie nicht mehr wußte? Drang sie in ihn, daß er den grämlich verschlossenen Schnabel öffne und den Locklaut ausstoße, um ihr einen Weg zu zeigen, den Weg zurück? Und in was für ein Land? Wie sehr ihr großer sperriger Körper dem Vogel glich: nie sah man sie ohne den viel zu langen altmodischen Mantel aus schwarzem Stoff, der stumpf war wie die Federn und fleckig; aber ihre Augen, die zwar rund und dunkel in den flachen Betten zwischen Stirn und Wangen lagen, leuchteten vor Sehnsucht.

– Genoveva, sagte Laura langsam vor sich hin, und Wotan und sie selbst auch, beide sträubten sich, während ihre Stimme die Silben dehnte, gegen die Angst, was wollte denn diese Nacht von ihnen beiden, die erste ganz laue Nacht dieses Sommers, so eine Nacht hatten sie erwartet, um sich im Freien zu küssen, ach sie waren nicht mehr so versessen darauf wie jung Verliebte, aber trotzdem wären sie nicht herausgekommen bloß für dieses Gespräch, zu dem die Wörter und die Sätze sich eigensinnig ihren Hirnen versagten; Laura liebte die sanften, aus der Finsternis heranschleichenden Zärtlichkeiten von Wotans Händen und die bierkühle Feuchtigkeit seines Mundes, und vielleicht hatte sie auch gehofft, daß er über ihre Zukunft sprechen würde.

Aber jetzt saßen sie da dicht nebeneinander und begannen die Härte der Sitzleisten zu spüren, das grobe Holz, und waren eingesperrt und eingespannt in dieses Warten, in die ringsum gestaute Lebendigkeit.

Den ganzen Tag dachte Genoveva an den Vogel. Sie stand auf ihrem Platz am Fließband, spürte die zunehmende Müdigkeit ihrer Waden und das Brennen der Fußsohlen, die Ungeduld ihrer endlos schraubenden Finger; und je mehr die Qual des Tags schwoll, die sie wie eine rasch sich nach allen Richtungen ausdehnende Krankheit entmutigen wollte, desto stärker wurde auch die Vorfreude auf ihren Besuch am Käfig; so brauche ich nie zu verzweifeln, dachte sie manchmal, so lang ich das habe.

Der Lärm in der Fabrik! Ihr Platz lag so ungünstig nah am immer offenen Eingang zur Eisengießerei: das rote Maul des Ofens fauchte, schrill sang die Glut, und die Gießbecher schellten gegeneinander, die Ketten der Laufkatze jammerten, klirrend schlugen die Hammer auf die Sperriegel der Graphitformen. Sie dachte: wie still ist mein Vogel, unser Land ist Schweigen, ein weites, lang in den Himmel gestrecktes Tal. Ja, die verdrießlich an den Leib gepreßten Flügel ihres Vogels würden endlich zu ihrer und zu seiner Erleichterung den Entschluß fassen: sie sah sie schwarz sich weit wegspreizen und den langen Körper hochheben und über das sanfte Tal tragen. Sie sah das, während auf dem Band unaufhörlich Schrauben zu ihr hinflossen und während ihre Finger die gewohnten Griffe ausführten. Ihr sehnsüchtig arbeitendes Denken hielt zäh ihrer Müdigkeit das lockende Bild entgegen: gefächerte Schwingen, ruhig und schwarz überm Tal.

Kam es daher, daß sie mit niemandem in der Fabrik redete? Daß man sie für hochmütig hielt? Sie wußte: sie wäre zu schwach, um diese Tage auszuhalten ohne den Vogel; wußte: sie konnte sich nicht damit abfinden, konnte nicht wie die andern Kettengeklirr und Hämmern und endloses Heranfließen so hinnehmen als wäre es wahr und wirklich. Ja: zu schwach. Nicht hochmütig. Nur vermutlich ein bißchen stolz darauf, daß ihre Schwäche schließlich Vorrechte für sie geschaffen hatte, ein Schweigen im Lärm.

Neben ihr am Fließband stand Tag für Tag eine schmächtige kleine Person, ein mutlos aussehendes, bejammernswert mageres Geschöpf, das Gesicht fast so grau wie der schlappende Arbeitskittel; und Genoveva dachte in den Augenblicken, in denen die Mühsal der Arbeit alle Überheblichkeit vernichtet hatte und wenn ihr Selbstmitleid so groß und weit war, daß es das kleine Wesen – dessen Hand sie, ohne den Arm ganz auszustrecken, hätte ergreifen können – einzuschließen vermochte, wenn die Mattigkeit sie so mild stimmte, dachte sie: Gäb es doch auch für sie, was es für mich gibt, Tal und Vogel, ein Ziel. Und sie fragte sich, wie es möglich sein konnte, daß die graue Nachbarin aushielt; wohin denn könnte sie einmal ziehn, in welchen Tag, in welches Land? Wie licht und sanft und still war es im weitgespannten Tal ihres Vogels. Sollte sie der andern von ihrem Land erzählen – es war groß genug; den Vogel mit ihr teilen? Sie brachte es nicht fertig; war das nun Hochmut? Sie beschloß, daß es sich um Eifersucht handeln müsse: vielleicht würde der Vogel früher als für sie selbst für die Andere seine strenggefalteten Schwingen ausbreiten? Und überhaupt war es so befriedigend: allein mit dem Vogel. Meistens genoß sie ihr Geheimnis, genoß, daß es sie von den andern schied. Genoß es im Geschrei der Räder, in den Heulsignalen der Motoren, genoß es auf der Felsenkellerterrasse, wenn sie alle beim Bier saßen in ihrer kleinlichen Spätnachmittagsstimmung. Aber manchmal, selten, und dann ganz jäh und scharf, schmerzte es sie, daß sie, wie herrlich ihr Land auch wäre, doch allein darin bleiben würde.

Am Morgen nach jener Nacht, die sie mit Wotan auf der Terrasse verbracht hatte, sah Laura angegriffen aus; die Köchin fragte und der Milchmann fragte: so blaß, so blaß? Lauras Haut war zwar immer weiß, aber heut erschien sie durchsichtig, und so konnte sie also gar nicht so dick sein wie sie sonst wirkte. Sie fragten und fragten, aber das kam Laura doch zu albern vor, ihnen zu antworten: Weil Genovevas Vogel in der Nacht gestorben ist, bin ich heut nicht ganz auf dem Damm. Sie war froh, als am Nachmittag Wotan kam: endlich wieder davon reden können.

– Ich werds nie vergessen, sagte sie zu ihm, nie werd ich das los, so dumm sichs anhört.

Sie standen im Küchenvorraum, und Wotan hielt die Pappschachtel mit dem toten Vogel.

– Na laß mal, sagte er, der war reichlich alt.

Ach der Schrei, der plötzlich aus dem Lauern gebrochen war, der schreckliche schrille Sinn des Lauerns. Diese Nacht! Sie waren vom Tisch aufgestanden, Laura blieb starr, verließ sich auf Wotan. Der mußte den bleichen Lichttrichter der Taschenlampe von Käfig zu Käfig führen: der Sperberhahn hatte den mürrischen Kopf unter die graugetupften Federn gesteckt; die Tauben saßen auf der höchsten Stange, reglos und weiß; Goldfasan und Rebhuhn wirkten sogar im Schlaf noch angriffslustig und furchtsam, prahlerisch funkelte der goldene Latz, das königliche Rot bot sich dem Lichtschein eitel an; und scheinbar versteinert, endlich stumm kauerten die Sittiche im letzten Käfig auf den dünnen Sprossen. Und da lag unten im sägmehligen Sand – großer schwarzer Fleck – Genovevas Vogel, der alte namenlose Abkomme aus unbekanntem Fasanengeschlecht. Zum ersten Mal, seit sie ihn gefangen hielten, sahn sie seine langen starken Flügel weit abgespreizt; im Tod schien er viel größer und auch viel lebendiger zu sein als zur Zeit seines von Kummer und Übellaunigkeit umdüsterten Lebens. Wollte er noch einmal fliegen – sonst wäre er doch mit geschlossenen Flügeln von der Stange gefallen. Oder hatte ihn nur ein Krampf aus der starren Haltung gerissen? Wotan und Laura blickten auf das tote Tier, auf den langen Schnabel, der sich steif, mit der Würde des Todes in den verdreckten Zirkussand bohrte – trotz der erbärmlichen Umgebung hatte das Bild etwas Würdevolles, der große schwarze Körper wirkte kräftig, zufrieden. Warum hatten sie Angst? Warum war es ihnen so unheimlich?

– Weil sie ihn so gern hatte, sagte Laura, deshalb ist es so schlimm.

In der Nacht hatten sie sich dazu entschlossen, den Vogel ausstopfen zu lassen – sie kannten einen alten Förster, der mit so etwas Bescheid wußte – ihn Genoveva zu schenken. Aber jetzt, als Wotan mit der Schachtel durch den Flur wegging, kam es Laura nicht mehr genug vor.

– Wir könntens probieren, sagte sie, schob ihren weichen Arm durch seinen, ihn ausgestopft auf die Stange setzen, er hockte ja immer steif und wie tot, und ihr nichts davon sagen.

– Na ich weiß ja nicht, sagte Wotan, ich weiß wirklich nicht. Aber er blieb stehn, grub zwei Zähne ins Fleisch der Unterlippe: das tat er, wenn er überlegte.

– Na, was? fragte Laura.

– Probieren könnte mans, sagte er. Wenns schiefgeht, wars ein Spaß, wenns klappt, ists ein gutes Werk, wie? Schon ein sehr gutes allerdings, denn das wird was kosten, wenn er den ganzen Tag mit dem Vieh zu schaffen hat. Und den Laden hier mußt du heut zumachen.

Der Himmel war dunkel vor gespeicherter Nässe. Aus der Stadt würde an einem so drohenden, unlustigen Tag sich doch niemand sehn lassen. Laura hängte an der Gartentür, die sie zweimal verschloß, das Schild »Vorübergehend geschlossen« auf.

Schwerfälliger Vorbeizug der Minuten; einmal sah Wotan herein: der Förster wäre nachts noch mit der Arbeit fertig und würde dann selbst herauskommen, das Tier auf der Stange anbringen.

– Er meint, daß er vielleicht nicht sehr haltbar sein wird, sagte Wotan, weil die Haut nicht so sorgfältig getrocknet ist und so, in der kurzen Zeit, weißt du.

Später wollte der pensionierte Omnibusfahrer sein Dämmerstundenbier auf der Terrasse trinken, rüttelte am Tor und rief; Laura eilte hinaus – sie hatte schon gefürchtet, es sei Genoveva, an nichts anderes dachte sie noch – sagte zu dem unzufriedenen Mann:

– Wir renovieren heut, da sind son paar Sachen auszubessern, der Eiskasten rinnt.

– Ach wo, sagte der Fahrer, wenn du blau machen willst, meine Tochter, brauchst du noch lange nicht ehrliche durstige Leute anzuschwindeln. Oder was ist los?

Sie beteuerte ihm, daß sie ihn noch nie angeschwindelt habe und es auch jetzt nicht tun würde; aber er glaubte es nicht, einen einzigen guten alten Kunden könne sie außerdem auch trotz der Handwerker einlassen, meinte er schließlich. Da schloß sie schnell auf, hinter dem Fahrer wieder zu, führte ihn hastig ins Haus und gab ihm seine Flasche Bier; in diesem schlechten Sommer mußte sie ja sehn, wie sie ihre Sachen loswurde, und im Gastzimmer könnte der Mann ruhig sitzen, Genoveva würde ihn nicht bemerken.

– Na und was ist jetzt los? fragte der Omnibusfahrer. Hier sieht ja alles aus wie immer, wie ich mirs gedacht habe.

Laura wischte mit dem feuchten Lappen über den Zinkbeschlag des Schanktischs, roch den fauligen warmen Spülwassergeruch und betrachtete ihre von der Nässe gedunsene Hand, die rote Haut.

– Lassen Sie mal, sagte sie, das sind Privatangelegenheiten, verstehn Sie.

Der Fahrer hieb seine rechte Faust auf die Tischplatte, so daß die Flasche und die beiden Gläser, das große und das kleine mit dem Obstschnaps, millimeterhoch bebten:

– Na schieß los, sagte er schwer, Krach mit Wotan, he?

Laura ließ das Spültuch in den Tümpel zwischen den Zinkwänden klatschen, nahm ein kleines Glas und die Schnapsflasche und trug beide zum Tisch des Fahrers, goß randhoch für ihn und für sich ein. Sie trank; wie sie es gewohnt war, weckte auch jetzt der helle Geschmack ihr Redebedürfnis, denn er gab ihren schwimmenden, vorher nicht faßbaren Gedanken herbe und deutliche Konturen und machte sie all ihrer Empfindungen bewußt: hatte sie sich vorher auch schon so traurig gefühlt, oder so glücklich – so lebendig? Sie berichtete dem verwaschenen roten Kopf, den gierigen Augen gegenüber, so gut sie es fertigbrachte, das Ereignis der vergangenen Nacht; sie goß wieder ein und konnte besser und besser erzählen.

– Sie haben ja selbst gesehn, oft genug, wie sehr sie an dem alten Vogel hing, sagte sie. Deswegen machen wir den ganzen Trick, Gott, Wotan sagt auch, wenns schiefgeht, haben wir uns einen Witz erlaubt, und sie wird auch nicht dran sterben, immerhin kriegt sie dann von uns das ausgestopfte Vieh, das ist Wotans Freund, ders für uns billig macht, und ich persönlich hab nichts vor mit so einer Mumie, die Gäste würden sich fürchten, wenn ich sie hier aufstellen würde, son großer schwarzer Vogel, der war ja nicht besonders.

Sie lachte; lachte mehr, als des Fahrers grobe Finger die dicke glatte Creme ihrer Haut den gewölbten Arm hinaufstrichen; in der dunklen Kerbe der Ellenbogenbeuge hielten sie ein, gruben sich ins verschwitzte weiche Fleischnest.

– Wollen Sies mitkriegen? fragte sie. Wollen Sie morgen mit dabeisein, wenn sie kommt und drauf reinfällt?

– Oder auch nicht, sagte der Fahrer, Himmel nochmal, ihr seid ein lustiges Volk, du und dein Freund, der schöne Wotan. Wie stehts denn damit überhaupt, das Joch der Ehe, he?

Laura krisch auf – ach du liebe Zeit, wo hatten denn eben des Mannes ruppige Finger sich herumgetrieben, wie schwer es ihr fiel, sich darauf zu besinnen: wo, wo; und wie schwer, dieses Lachen einzuhalten, lachen lachen.

– Na wie ists damit, fragte der Mann, wie ists mit dem Stand der Ehe, überlegt will das sein, he? Es gibt ja nicht nur einen einzigen Mann auf der Welt, wie?

– Ach du meine Güte, schrie Laura, so ist das nicht, mir würde der Wotan schon genügen. Aber man sieht so eine ganze Reihe von Ehepaaren, da vergeht einem die Lust, zum Beispiel wenn man bei Ihnen und Ihrer Frau ein bißchen genauer hinsieht, herrje, da hat man doch lieber seine Freiheit.

– Na die hab ich allemal noch, sagte der Fahrer beleidigt, mit der platten Handfläche rieb er Lauras Arm, sie hörte das runzelrauhe Schaben. Meine Freiheit hab ich noch, wie du feststellen könntest, schönes Mädchen, säß ich sonst hier, na was meinst du, das bringt nicht jeder fertig, noch Zeit übrig zu haben für eine schöne Frau; aber da darf mir keiner reinreden, mit meinem Privatleben ists ganz in Ordnung, weiß Gott.

Laura lachte beeindruckt. Dann fiel die Wirklichkeit wieder über sie her: Was war das für ein Rufen draußen – Genovevas Stimme, ganz gewiß. Ach der schwere, unfähige Kopf!

– Sie wird übers Tor steigen, jammerte sie; die Hand auf ihrer Haut machte ihr keinen Spaß mehr.

Sie stand auf: wie sehr sie beim Gehen schwankte, sie schämte sich fast. Sie riß das Fenster auf, alle ihre Bewegungen waren jetzt schroff, unbezähmt; am Tor stand die lange schwarze Frau; und mit der Überdeutlichkeit ihrer Empfindungen erkannte Laura, daß dieses Gesicht – heftig und glühend – über die Verzweiflung des Todes nicht hinwegkäme, diese bestürzten, sehnsüchtigen Augen.

– Vielleicht wars gut, sagte sie abends zu Wotan, daß ich so besoffen war, denn dadurch wurds mir so klar, was ich tun sollte und auch, wie ichs erklären sollte, daß ich geschlossen hatte; was ich ihr nicht alles zurief, und wie empört sie war, sie würde ja keine Arbeit machen, sagte sie immer wieder, wollte nur wie alle Tage ihren Vogel besuchen und weiter gar nichts, na ja, mir gelangs, sie wegzubringen.

Dieser Nachmittag ohne den Vogel öffnete Genoveva richtig die Augen. Sie saß in ihrem winzigen Dachzimmer, das karg eingerichtet war und dessen geschmacklose Möbel unter einer flockigen Staubdecke schliefen. Sie saß auf ihrem Bett, in grauer Langeweile. An Alleinsein war sie allerdings gewöhnt. Seit wann eigentlich bin ich allein? fragte sie sich. Sie dachte nicht gern an Vergangenes, Stolz und Scham hatten die Brücke zur Vergangenheit gesprengt. Keins der gesteckten Ziele erreicht; viel Zögern und Schwanken, und dann die stumpfe Trockenheit eines feigen einsamen Wegs. Wenn sie sich verlassen vorgekommen war, hatte sie versucht, sich an einen Schmerz zu erinnern, oder an ein Lachen, an irgendwas – doch was sie mühsam aus dem Gedächtnis schöpfte, zeigte sich als ausgeblichener Plunder, mit dem sie niemals etwas zu tun gehabt hatte. Ohne den Vogel hätte sie fürchten müssen, ausgelöscht zu werden.

Im Jammer um den verlorenen Nachmittag wurde sie sich

ihrer Abhängigkeit bewußt. Plötzlich bekam sie Angst: sie stellte sich vor, der Vogel würde eines Tages sterben. Was dann? Gab es einen Ersatz? Etwa der Goldfasan? Ja warum nicht der Goldfasan? Womöglich paßte der viel besser zu ihr, er sah ja auch nach viel mehr aus, so schillernd. Sie wies die Versuchung zurück: kein anderer als der Vogel aus meinem Land, jeder hat sein Land. Und wenn er tot wäre, wäre es aus mit meinem Land und mit all meiner Hoffnung und mit mir selbst.

Sie ging zur Kommode, kauerte sich vor die untere Schublade, zog sie aus ihrem Gehäuse. Obenauf lag eine vergilbte Damastdecke mit roter Stickerei. Es war die einzige Schublade in ihrer Wohnung, die sie ordentlich hielt. Sie schlug den alten Stoff zurück: hier war aufbewahrt, was sie für ihre Reise brauchte. Ein schwarzes Lederköfferchen, groß genug, um das Wenige zu bergen, das sie für würdig hielt, den Vogel und sie zu begleiten. Sie hatte vier schwarze Schwanzfedern, die anfingen, einen grauen Puder zu verstäuben, auf ein grünes Seidentuch genäht, im Halbkreis um zwei kurze zerrupfte rote Kronenfedern; das schmutzige Weiß der Brust war nur ein einziges Mal in der rechten Ecke des Tuchs vertreten. Dann die Zeichnungen, die den Vogel wiedergaben; nachdem sie festgestellt hatte, daß naturgetreue Abbildungen ihr Verlangen, das sie zum Zeichnen trieb, nicht befriedigen konnten, war sie daraufgekommen, ihre Hand von Empfindung, Hoffnung, Liebe bestimmen zu lassen; Darstellungen, deren wilde undeutbare Schönheit sie mit Freude erfüllten, waren entstanden, heftige schwarze Striche und Formen, in denen sie einen rätselhaften Inhalt erkannte. Bei den Landkarten blieb sie strenger, verbot sich die Freiheit der Hingabe an diese dreisten dunklen Weisungen. Sie zeichnete Hügel, Täler, Flußläufe, Seen in ihr Land, schraffierte das Meer rings um die weiche flache Küstenlinie. Es gab keine Städte. Sie zeichnete bunte Vergrößerungen der wichtigsten Landschaften, wählte dunkles Grün für Wälder und Wiesen, dunkles Blau für Flüsse und Meer, tiefe leuchtende Farben.

Sie saß vor der Schublade, betrachtete ihr Land. Mein Land, sagte sie laut. Ohne den Vogel wäre mein Gepäck verloren und meine Handarbeiten und alle Zeichnungen, das ganze Land.

Der Vogel darf nicht sterben. Aber wie könnte sie den Tod außer Kraft setzen? Ich bin allein zu schwach, dachte sie, jeder, der etwas durchsetzen will, braucht Anhänger, eine Gemeinde. Viele, die dasselbe glauben. Ihr Inneres wehrte sich gegen die Vorstellung, das Vergnügen mit andern teilen zu müssen, dieses unnennbare Vergnügen ihrer Gemeinschaft mit dem Vogel, Glück der Verschwiegenheit und des Geheimnisses und der Hoffnung.

Sie stand auf, ging ans Fenster. Sie legte die Stirn an die Scheibe, sah hinunter in den grauvermauerten Schacht der Straße. Sollte das, und nur das ihr Leben sein? Ja: nur das. Sie hatte sich etwas vorgemacht. Es ging nur so lang gut, als es den Vogel gab. Dem Tod widerstehn, dachte sie. Mir die Möglichkeit offen halten, eines Tages auf den breiten schwarzen Schwingen meiner Hoffnung weg ins Tal zu fliegen, weit und für immer weg.

Aber was hülfe es, wenn sie allein an das Leben glauben würde? Eine Gemeinde, dachte sie wieder. Viele, die dasselbe wollen, weil sie dasselbe brauchen. Dem Tod des Vogels widerstehn, dem Tod aller Vögel, alles Vergangenen und alles Neuen, allen Erinnerns und aller Hoffnung. Wegfliegen mit den toten Vögeln, mit der geflügelten Verheißung.

Am nächsten Morgen gelang es ihr: in der Frühstückspause näherte sie sich der blassen kleinen Nachbarin. Die Scham, die sie dabei empfand und nicht loswurde, nachdem sie die andere angesprochen hatte, ließ sie beinah unfreundlich erscheinen, schroff klang ihre Simme, ihr enger Mund lächelte nicht. Sie sagte:

– Wir stehn nun schon monatelang nebeneinander und haben noch kein Wort geredet, es ist zu dumm, wie?

Das Lächeln der Kollegin reizte sie, die zögernde Freude schreckte sie ab, sie bereute heftig den zähen Sieg über ihren Hochmut; wie stolz war sie doch von jeher auf ihren Stolz gewesen.

– Ich wollte Sie einladen für heut nachmittag, sagte sie. Jetzt wirkte alles an ihr wie Abwehr, Kälte; die Aufforderung wie Verweigern – ein Wunder, daß die Angesprochene es nicht spürte, daß ihr Lächeln mutiger wurde. Und was für ein Wunder, daß sie mit ihr hinausging zum Felsenkeller, obwohl doch jeder von Genovevas Schritten es ihr verbot, jeder böse, zurückhaltend und abweisend auf den Boden hackte; nichts redete sie mit der Begleiterin. Es war schon wenig genug, was ich hatte, dachte sie in schmerzlichem Selbstmitleid, und nun geb ich die eine Hälfte davon hin, werf sie weg.

– Es ist nett da draußen, sagte die Kleine, ich war früher mal da. Haben die noch die Tiere, so viel ich weiß, warens eine ganze Menge. Wenn sie noch da sein sollten, würd ich sie gern betrachten.

– Das können Sie ja tun, sagte Genoveva hart und traurig und beschämt, weil sie den vertraulichen Ton, der in der Fabrik üblich war, nicht finden konnte. Ich persönlich geh nur zu meinem Vogel.

So, und nun hatte sie auch alles verraten; aber wie konnte sie es verschweigen, da erging es ihr wie einer Verliebten: sie mußte sich mitteilen.

– Er kennt mich, sagte sie: jetzt mußte sie weiterreden. Wir gehören zusammen, er kommt aus meiner Heimat, nur den Namen hab ich vergessen.

Nun fiel es ihr leicht, alles zu erzählen; viel war es ja nicht, aber sie empfand, daß die andere es verstand; eigentlich gab ihr die Begleitung ein noch stärkeres Gefühl des Stolzes als ihre frühere Einsamkeit, so daß sie von diesem Gang mehr hatte als von den vorigen: mehr Vorfreude, mehr Hoffnung, mehr Sehnsucht, und etwas, das sie noch nicht kannte: Gewißheit.

– Na so was Verrücktes, sagte der Omnibusfahrer.

– Die haben Sorgen, sagte seine Frau. Wenn zwei Arbeiterinnen sich so anstellen.

Mit dem Ausdruck schwachen und vergeblichen Triumphs sah der Fahrer zu Laura hinüber, sah auf das gestern gestreichelte Armfleisch; und Laura fand, daß ihn die Frau an seiner Seite und das halbleere Bierglas und die Blicke über ihre Haut erbärmlich und hilflos machten. Sie sah schnell wieder weg und gemeinsam mit Wotan hinüber zur Gitterwand des letzten Käfigs, vor die wie eh und je Genoveva ihren Stuhl gerückt hatte; aber heut war alles anders als sonst: die kleine graue Arbeiterin daneben, die jene sonderbare, unverständliche Andacht so fraglos und ungezwungen teilte, als sei sie immer dabeigewesen, als sei es ihre Bestimmung und ihr Ziel so gut wie das von Genoveva, den Vogel anzustarren – merkten die beiden denn gar nichts, jetzt war seine Bewegungslosigkeit nicht mehr die des Trotzes oder des Verdrusses, der Trägheit, sondern endgültig. War es denn nicht lächerlich: einen ausgestopften Vogel beteten die zwei da am Gitter an, was für ein Götzendienst.

Laura räusperte sich, sah Wotan von der Seite an. Warum lachte er nicht? Warum konnte sie selbst es ebensowenig?

– Er hat die Flügel ausgebreitet, er will fliegen, rief Genoveva.

Nun, daran, daß der alte namenlose Fasan so starr die Flügel spreizte – des Försters Fehler – und reglos in der ungewohnten Pose auf seiner Stange hockte, daran wenigstens mußten sie doch erkennen, daß er tot war.

Wegfliegen, dachte Genoveva. Er ist weggeflogen. Er hat unser gemeinsames Land gefunden.

Das Gekreisch der Sittiche machte ihm nichts mehr aus: ruhig und gelassen überflog er das weitausgespannte Tal ihres Schweigens. Es kommt, weil ich sie mitgenommen habe, dachte Genoveva, weil ich mich überwunden habe. Das ist der Lohn. Es ist der Beweis.

Später rückten Laura und Wotan und der pensionierte Omnibusfahrer und seine Frau zu Genoveva und der Arbeiterin an den Käfig; wie es dazu gekommen war, wußten sie nicht mehr genau schon am nächsten Tag: damit sie es bequemer hatten beim Einschenken vielleicht, denn heut abend wollten sie was trinken, die Luft war so mild und so weich – wie Lauras Haut, dachte Wotan, er fühlte sehr viel Zärtlichkeit, etwa nur, weil der Fahrer immer wieder und immer kecker in Lauras Ausschnitt lugte? Aber er fand sie alle so nett: Genoveva, sie kam ihm gar nicht mehr so verrückt vor, oder gefiel ihm das Verrückte an ihr; die kleine neue Gefährtin, er goß ihr Glas voll und freute sich über die roten Tupfen auf ihrer Haut, und ihr scheues glückliches Gekicher machte ihm Vergnügen; er sah in die Runde und hätte Lust gehabt, eine Rede zu halten – aber was sollte er sagen mit dieser faulen Zunge, den trägen Gedanken; er spürte, daß jetzt einer den andern gern hatte.

– Was für ein schöner Abend, sagte Genoveva; alle stimmten zu, auch die Frau des Fahrers, die weniger pedantisch aussah als sonst. Was für schöne Abende werden wir noch haben. Sie sah zur Seite, sah den ausgestreckten Körper des Vogels schwarz vor der Dämmerung des Pappfelshintergrunds; sie spürte die laue Sanftmut des Windes, sein lässiges Streicheln über die Schatten, über die schweren fruchtbaren Laubdächer dieses feuchten Sommers, und über die sechs Menschen am Tisch: die kleine Gemeinde ihrer gefiederten, unsterblichen Hoffnung.

Wir hatten so viel vor

Da wußte ich: Regen wäre nie wieder so heftig wie früher und nie mehr erschiene sein Ende unabsehbar. Obwohl die Wolken noch so aussahen: zürnend, ein träg, doch unerbittlich sich heranschleppendes Gericht. Und der Wind, der plötzlich aufkam und die düsteren Bäusche vor sich her trieb, hatte den gleichen kurzen und hastigen Atem, und wie immer knarrte gereizt und aufsässig das Gehölz der Büsche, und die Halme und die Hekken und das Laub ließen sich schütteln und fetzen. Über dem Land lag aber immer noch der spröde Ausdruck einer Ungeduld.

Doch würde es nie mehr so regnen wie früher. Denn während wir dicht beieinander in dem verstädterten Schuppen des letzten Siedlungshauses standen, naß und heiß von der Flucht, und aus der offenen Tür hinausstarrten in das nervöse kraftlose Dahinfegen der dünnen Striche, fiel mir auf, daß jetzt alle Regen so waren: schnell und unbeständig und merkwürdig verängstigt; und wenn man floh vor dem aufwallenden Schleppzug finstrer Wolken, auf einem ausgedörrten Feldweg, der das vom Sommer zermürbte Land spaltete, wenn man vor diesem zusammengeballten Grau flüchtete, dann nicht wie früher, um endloser Nässe zu entgehen, dem Hereinbrechen einer Macht, die die ganze Welt in Besitz nahm; man floh heut nicht mehr hinter ein großes weinendes Fenster, dessen Ausblick in eine graugesträhnte, flüssig wispernde Ewigkeit ging, auf eine von zarten und flinken Fäden gestrichelte Tanne, auf ein für immer unter den Tropfen wippendes Laubdach.

– Setz dich doch, sagte Fuchs.

– Nein, sagte ich, es ist viel zu schmutzig.

Wir wußten, daß der Besitzer draußen herumstrich, kurz nachdem wir angelangt waren, hatte er sein nasses Gesicht zu uns hereingestreckt – jaja, bleiben Sie ruhig – kleinlich und besorgt und wütend auf den Regen und weil ich die armselige grelle Puppe in der Hand gehalten hatte, und ich hätte es gern gehabt, wenn er wieder hereingesehn und sich versichert haben würde, daß die Puppe wie vorher auf dem Holzklotz lag, mit starr hochgestreckten Zelluloidbeinen, und daß Fuchs sich nicht von der Stelle bewegte und daß wir nichts von seinem mürrisch zusammengepferchten Hab und Gut anrührten. Der Boden des Schuppens war grobgestampfter Lehm, fahlbraun, nur Staub und das frische Mehl zersägten Holzes verdeckten seine lieblose Oberfläche. Überall lagen die Scheite, das angeschnittene Mark roch süßlich. Das Motorrad hockte schwer und schwarz wie ein mumifizierter fetter Käfer auf seinen beiden gebrechlichen Beinen; der rote Ledersitz wirkte jämmerlich. Die Speichen waren dick mit Schmutz überzogen und zwischen den Zylinderrippen klebte der flachsfahle spröde Lehm – so war das ganze Land hier draußen, gleich wenn man die Bahngleise überschritten hatte, verfärbte sich der Weg, alles so schwer und zäh und anmutslos.

In eine hochgeklappte Luke der hölzernen Decke ragte eine Leiter, die schmächtigen Holme stakten in die Leere eines niedrigen Heuspeichers – und dahinauf hätten Fuchs und ich klettern sollen, was erwartete denn der Tag von uns mit diesem beharrlichen Hasten der ameisenbeinigen Uhrzeiger an unsern Handgelenken und mit der umherschleichenden Wachsamkeit dieses Mannes, dem der Schuppen gehörte?

– Warum bist du so stumm, sagte Fuchs.

– Und du? sagte ich.

Von der Tür führte über den schlammigen Boden ein Holzplankensteg zur Straße, fürs Motorrad – aber die Straße war nicht besser und der Steg wertlos, morsch und selbst schon lehmig, bald würde er einsinken, verfaulen. Auf dem Holz hüpften die Tropfen mit zischelnden Wehlauten in die Höhe und fielen wieder und flossen die glitschige Strecke abwärts in eine schlürfende Pfütze.

– Du bist stumm, sagte Fuchs. Du sollst doch nicht traurig sein.

Was für ein erbärmliches Ansinnen. Kein Fenster, um den Regen zu betrachten; dieser würde sich hastig und unzufrieden über der geschlitzten Halle des Kleinstadtbahnhofs zerfieseln, über Gleise rieseln und an Wagenfenstern entlang spritzen, und Norden und Süden würden nichts von ihm wissen.

– Ich bin ja nicht traurig, sagte ich.

– Doch, sagte Fuchs, du bist traurig.

Seine leise Stimme kam mir nörglerisch vor. Ich sah ihn an: sein hageres, von harten hellen Markierungen geritztes Knabengesicht war ein bißchen lächerlich, so jung; überdrüssig wie an einem verdorbenen Kindertag, ein Kindergesicht, wie es aussieht, wenn bewußt wird: verdorben verdorben, und wenn der Abend nicht mehr fern und noch nicht nah genug ist. Und alles ist unrettbar weggeronnen, wohin?

– Nicht so traurig sein, sagte er; seine Hände lagen flach und lang über meinen Schläfen, mit den Kinnmuskeln spürte ich die festen Ballen seiner Daumen.

Ich sah weg; der Lehm draußen schlemmte sich mit Wasser, es gurgelte in den Schlünden der Fußspuren. Aber Fuchs' Handflächen zwangen mich und ich sah ihn wieder an, das helle empfindliche Blau seiner Augen verschwamm, ich erkannte es nicht deutlich, weil wir zu nah voreinander standen, und ich sagte:

– Nein, nein.

Nie, das wußte ich da, konnte man wieder traurig sein ohne die Anstrengung, es entweder zu zeigen oder zu verstecken. Und dann fiel es mir schwer herauszufinden, was ich wirklich war – gar nichts? Aber später würde ich verzweifeln.

– Du bist es wirklich nicht? Versprich es mir. Versprich, daß du nicht traurig bist, versprich es, bitte.

– Nein nein. Ich verspreche es ja.

Und dann Lächeln und Lächeln und Lächeln; und Streicheln und Flüstern und wieder Zagen: versprich versprich; das war kein Regen wie früher, denn im Dunst würde glänzend und starr der Kleinstadtbahnhof seine beiden Richtungen, Norden und Süden, über alle Regen hinweg für uns reservieren; und lächeln und jaja, nein – nein – ach was für eine ungeheure Lächerlichkeit schändete unsern Tag. Was für eine dreiste anmaßende Zumutung bestimmte über uns, war für ein Ansinnen ließ es mich wagen, mich der Mißhandlung von Fuchs' Zärtlichkeiten hinzugeben, wer machte mich so mild gegen die Unverschämtheit seiner Liebkosung.

– Wir haben noch Zeit, sagte Fuchs.

Welcher Zufall hatte über uns verfügt? Warum konnten wir nicht wie vor Jahren Kinder sein, die einen Nachmittag in die Felder liefen, aufgetürmten Wolkenschwärmen entgegen?

Zuerst war noch alles heiter, bei unsrer Ankunft auf dem schläfrig im Mittag schwitzenden Kleinstadtbahnhof – von Norden und von Süden – am trägen passiven Schnittpunkt; aber wir spürten schon auf dem Bahnsteig, daß am Himmel irgendeine Empörung anschwoll, finster und noch reglos in seiner Ferne; gegen uns, richtete sich das etwa gegen uns? Ach uns machte es ja Spaß, uns erschreckte es nicht. Vom Zug aus hatte mich schon das flache grün und gelb gefleckte Land gelockt. Säume von Pappeln und Dämme durchstreiften es und wie Wundnarben zeichneten die faul geringelten Wege das Meer der Äcker.

– Wir müssen da hinunter, durch die Siedlung, und dann kommen die Wiesen.

Ich redete viel und mit einer gläsernen, zu hohen Stimme und geradeaus vor mich hin; Fuchs ging neben mir her. Wenn man fünf Stunden Zeit hat!

– Wie schön, daß du gekommen bist.

– Das ist doch klar.

– Ich wußte es.

Wir sagten es stockend auf, unser auswendiggelerntes Pensum, hartnäckig und ohne Eifer, aber wir ließen keine Zeile aus.

Doch fünf Stunden – wir kennen den Augenblick, wenn es

vorbei ist, wir kennen das matte leere Licht im Bahnhof, und den eigensinnigen Starrkrampf des Gesichts – würde man etwa weinen wollen, später wird man weinen, warum damit warten, bis man allein ist? Wir kennen das Geräusch fremder Stimmen, ein Lachen, ein Ruf, alles körperlos und ohne Beziehung, denn es ist albern und furchtbar wahr, daß es außer uns niemanden gibt; und wir hören den Hund, der irgendwo bellt, wenn wir uns gegenüberstehn und sagen »Auf Wiedersehn«. Wir können uns dieses Gefühl vorstellen, wissen, wie es ist, wenn wir wieder allein sind: als hätte man zuviel gegessen, oder zu wenig. Eine Fülle, die wie Leere ist. Was soll man mit seinen Beinen anfangen und mit den Händen, und wozu ist dieses ganz unsinnig herausgeputzte Instrument deiner Hoffnung auf die fünf Stunden da, die es zermürbt haben.

Aber es war früher Nachmittag; und da ging Fuchs neben mir her und roch nach Tabak. Wir leierten unsern banalen Text und liefen in dieses Warten gespannt, fern im Dunst schnitt sich die braune Narbe des Feldwegs zwischen die Äcker. Die Gleise lagen hinter uns, Norden, Süden. Zwei gleichgültige Richtungen, gleichgültige Stränge flimmernder Schienenpaare, die hierhin, dorthin glitten und mit einem gleichgültigen Nichts bald verschmolzen – so weit war jetzt die Welt nicht. Voneinander weg, das jedenfalls stand fest und daran würde auch unser Versuch nichts ändern, aus fünf Stunden einen Tag oder Jahre zu machen. Aber das immerhin erschien als tröstlich: man könnte die Schienen eine Weile ignorieren. Züge versäumen, die Zeit vergessen. Ach, einen träg in den Nachmittag trödelnden Feldweg gehn mit der Einbildung, nirgendwo hinzugelangen, immer weiter auf demselben Westweg, auf einer kopf- und schwanzlosen Schlange, die sich ausruht in einem flachen endlosen Land, weiter und weiter.

Die Hitze heftete sich an uns. Aus den Gärten der Siedlungshäuser flossen kurze Schatten durch die Zaunspalte auf den Weg; der Lehm war bröcklig vor Trockenheit, tief eingefurchte Rinnen und Radspuren brüteten im Licht; da und dort klaffte sich ein Schuttplatz, ein Stück unbebautes, grob struppiges Land in die ordentliche Reihe der Fronten, und da gedieh zwischen Abfall und Gerümpel in dreister Fruchtbarkeit Unkraut, mit Blüten gefiedert, ganze Wolken von Blüten, ein blasser bebender Nebel, milchiger Filz. Aber die Gärten waren gut aufgeräumt und karg und geschmacklos. Nichts schien zu wachsen, die Pflanzen lagen geduckt in der Dürre.

Ja, warum konnten wir die Kirschen nicht essen. Die Frau war an den Zaun gelaufen, hatte die Hände am Stoff abgewischt, der klebrig sich über die Schenkel spannte; ihren Alltagsatem hatte sie aus der vorgestülpten Unterlippe übers Gesicht geblasen und doch das Haarbüschel nicht von der Stirn treiben können.

– Nehmen Sie doch ein paar, für unterwegs.

Schließlich strich sie mit den Fingern den krausen Kitzel weg.

– Ach die paar, die können Sie brauchen unterwegs.

Was hatte ich mit ihr zu tun? Kirschen, ein Baum und die heiße zähe Arbeit im Laub und das kreidige Gefühl an den Händen, die sich um einen Ast klammern, und zwei feuchte kühle Kleckse in den Achselhöhlen und der säuerliche Geruch der Anstrengung – was hatte das mit mir zu tun?

Die Frau war weggelaufen, holte etwas zum Einpacken. Ich lächelte mit Fuchs und scharrte mit der Schuhspitze gegen ein Unkraut; Kratzen im trocknen Lehm, das Unkraut bäumte sich unter meinen Stößen. Wir standen da, verlangten nach unsern fünf Stunden. Wir wußten: wir hatten so viel vor, daß wir daran scheitern müßten. Das nahm uns den Atem. Was ging uns dieser Zaun an, gegen den wir lehnten; wir waren einander an einen fremden Platz entgegengereist und nun hatte doch die Gewohnheit sich bei uns angebiedert, und wir konnten doch diese Frau nicht kennen, ich nicht mit Fuchs dabei und Fuchs nicht mit mir, und konnten die Straße nicht kennen und die gleichmäßig und stupid hockenden Siedlungshäuser mit den glotzenden Fenstern und den kleinlichen Gartenanlagen, die albernen Reigen der Blumen und der Kohlköpfe, dieses Dahinsiechen welker Farben, und das törichte Grinsen grell unter Blattdächern vorleuchtender Gartenzwerge – unseren Alltag mit seinen sorgfältig abgezählten Gesichtern hatten wir verloren, so lang wir zusammen waren.

Eine pralle warme Tüte voll Kirschen, ich trug sie auf dem Handteller, das Papier war an ein paar Stellen naß und violett und klebte an der Haut. Waren es Kirschen, die man in den Mund stecken konnte, mit den Zähnen abziehn vom Stengel, flüssiges süßes Fleisch, Kirschen zum essen? Wir konnten sie nicht anrühren.

– Leg sie doch dahin, sagte Fuchs.

Es war einfach, sie in den hohen Halmen der Böschung zu verbergen und zu sagen: vielleicht auf dem Heimweg. Nicht zu vergessen. Eine Tüte mit Kirschen, ein Angebot, ein Entgegenkommen, das wir ausgeschlagen hatten, nicht aus Stolz oder Überheblichkeit, sondern weil wir nicht wußten, wie wir es annehmen könnten. Früher hätten wir die Kirschen gegessen, wir hätten die Kerne weggespuckt und gewußt: am Abend wird es regnen. Jetzt hatten wir Angst vor Kirschen und Angst davor, daß der Regen schnell wie ein flüchtender Dieb über die Felder streunen würde, und wir liefen schnell weg von der Siedlung, dorthinaus, wo kein Schutz mehr für uns war, mit irgendeinem ungeheuerlichen Vorsatz, zu dem die Kirschen nicht paßten.

Und doch war alles noch heiter, alles noch Anfang. Fuchs zog seine Jacke aus, sein weißes Hemd lag feucht auf den schmalen Schultern; ich sah ihn an, er wirkte so dünn und scheu und nicht vertrauenerweckend; ich dachte: er ist wie einer der Grashalme, zerbrechlich unter der zitternden dunstigen Last der Blüten, heftiges und kurzes Leben, Vergehn nach dem scharfen Vergnügen eines reifen Nachmittags. Die feuerroten Kleckse des Klatschmohns fleckten das schaukelnde Gefieder des Grasmeers, dicht über den Blüten stand das drahtig harte Jammern der Insekten. Der Lehmpfad zog bäurisch hinaus in die Ferne, dorthin, wo das Gelb der Gerste, der bierblonde Bart des Roggens mit dem Himmel verschwammen.

Manchmal streiften sich unsere Arme. Unsere Schuhe waren bleich vom Staub. Die Glut spülte um uns. Über allem lag ein Mutwille. Dann zog Fuchs' Arm mich hart an sich und wir gingen eng und heiß nebeneinander, ich spürte jetzt meine Rippen und meine Hüfte und die Hand von Fuchs und seinen Arm. Links taumelten die Ährenspitzen von Gerste mit einem trockenen Lispeln gegeneinander; steif wie Kerzen, grünlich und hart schwankten rechts die Schäfte des Weizens, und das Raunen und Flüstern und wellenförmig sich fortsetzende Biegen der langfedrigen Haferähren wirkte dagegen schmeichelnd und würdelos. Wie sehr war das Sommer und wie wenig war das Sommer; es war Fuchs und fünf Stunden zwischen Norden und Süden.

Die Sonne schien sich über eine weite Fläche des Himmels hin aufgelöst zu haben, ihr flockiges Weiß zerfaserte sich ins fade Hellblau des Zenit; und vom Westen herauf drängten sich die Bäusche der Gewitterwolken.

– Herrlich, so wegzulaufen.

– Ohne alles Gepäck.

Ja, unsere Hände waren leer und frei, die Kirschen hatten wir liegengelassen, im Bahnhof die Regenmäntel und Taschen – kein Erinnern an den Aufbruch am Morgen, von Norden und von Süden – wir waren nur Fuchs und ich und die paar Kleider, die wir auf uns trugen.

Der von Fuhrwerken breit ausgewalzte Weg endete unvermittelt in einem Kleeacker; nach links und rechts bogen nur ins Gras braun eingefurchte Rinnen der Wagenräder ab. An einigen Stellen war der Graswuchs licht, so daß der Boden hervorsah wie trockene gerissene Haut. Wir bogen nach links ein. Auf dem Blatttraubenmeer des Klees schwammen die rötlichen Schöpfe neuer Blüten; die fleischigen breitausladenden Schuppen des Schierlings schlappten übereinander. Es tat gut, im kurzen Gras zu gehn, über die Staubschicht auf unsern Schuhen zogen die Halme dünne Striche; im steif aufgereckten Weizen floß ein helles und zartgrünes Schimmern, dann hoher Roggen mit rauhen gespreizten Ährenbärten, in denen die Hitze summte und zirpte; ein Wind, den wir nicht spürten, strich über die langen dürren Grannen und bog sie. Wir blieben stehn. Wie weit wollten wir hinaus? Keiner von uns hatte auf die Uhr gesehn, obwohl wir beide das hatten tun wollen. Jetzt kamen die Wolken ja doch näher, und ob wir uns wirklich ganz naß regnen lassen wollten, wußten wir nicht mehr genau.

– Noch ein Stück weiter, sagte ich, bis zu den Pappeln.

Der hohe dunkle Zaun. Dort glitten auch die silbrigen Fäden der Überlandleitungen über die dünnen Mastgestänge, Norden, Süden, von den Gleisen zu den Drahtsträngen hätte dann unsere

Fünfstundenwelt gereicht. Aber Fuchs blieb noch stehn und hielt mich fest, irgendwann hatte ja der Augenblick kommen müssen, in dem er sich widersetzte, sein Arm lag hart auf mir, aber wir küßten uns verlegen und beschämt und die Heftigkeit unserer Lippen entsetzte uns, dem Pathos unserer Umarmung waren wir nicht gewachsen. Wir standen still, locker beieinander, hörten das tonlose Knistern und Rascheln und Kichern der papierdürren Roggenbärte.

– Bis zu den Pappeln kommen wir nicht mehr, sagte Fuchs.

– Ja.

Wieder wurde sein Arm hart. Seine Lippen kamen jetzt mit vorsichtiger Wut.

Die Nässe schlüpfte frech über den schwellenlosen Eingang zum Schuppen; wir wichen einen Schritt zurück.

– Setz dich doch, sagte Fuchs.

Ich schob die Puppe weg und setzte mich auf den Holzklotz, auf den mehligen, von Axtwunden geritzten Sägeschnitt.

– Müde?

– Nein. Du?

– Nein.

Der Regen spülte eintönig über den Hof, und der Holzsteg lag dunkel im Lehm; jetzt könnten wir bald gehn, es wurde heller draußen, durch die Türöffnung schwemmte ein derbes unsauberes Licht, Abendlicht, Bahnhofslicht – wir müßten jetzt auch bald gehn. Auf der Straße zogen nun schon Passanten vorbei, ohne Schirme, was für eine unsanfte Aufforderung. Fuchs setzte sich neben mich, ich spürte ihn mit leisem Widerwillen, so wie er mich spürte, mit gereiztem Überdruß, gemeinsamen Versagens eingedenk.

Einer der städtischen Siedlerbauern stapfte vorüber, ein mürrischer roter Sonntagskopf unter durchtränktem Segeltuch, zerrte zwei Kühe hinter sich her, die dumpf und gleichmütig und ahnungslos trotteten, wie schwarze Wunden sahn die kot- und schlammbespritzten Hinterteile aus auf ihrem bleichen ungebackenen Fell.

– Aber du bereust es doch nicht?

Keine Antwort, denn der Besitzer kam über die Pfützen gesprungen und stellte sich zu uns in den Schuppen, sein mißtrauisches devotes Gesicht erwartete, daß wir aufständen, es regnete kaum noch.

– Vielen Dank.

– Aber bitte, na klar, bei dem Regen.

So kurz und hastig sind heut die Regen. Immer noch beargwöhnte der Mann uns neugierig und verdrießlich.

Wir haben ja vorher alles gewußt, kein Grund zur Beschwerde, keine Rechtfertigung. Jetzt werden wir, naß von diesem übellaunigen Grau, die schlammige Siedlungsstraße entlang zum Bahndamm gehn und die Gleise überschreiten und auf dem Bahnsteig einander gegenüberstehn und darauf warten, daß es nur endlich vorbei wäre; und immer unter diesem Fieselregen; waren wir denn wirklich aller Verhöhnung so würdig, daß der Zorn, der es von Anfang an auf uns abgesehn hatte und der sich uns langsam und drohend vom Westen herauf entgegenschleppte, wieder vor uns auswich und daß für uns die demütigendere Strafe belanglosen Neckens und Irreführens ausgedacht worden war.

Auf den Gesichtern der Ausflügler, die von der Kleinstadt her dem Bahnhof zuschwärmten, lag die wehleidige, von Langeweile gedunsene Müdigkeit des verpatzten Sonntags. Ich sah Fuchs an und sofort wußte ich auch, wie ich selbst den Leuten erscheinen mußte: verdächtig. Wir hatten beide unser nasses Haar nicht aus der Stirn gekämmt und unsern Kleidern sah man die grasborstige Böschung an – und um die Augen hatte sich dieser Ausdruck einer ratlosen heftigen Verzweiflung gekniffen, dieser Ausdruck, den die Anspannung eines zu kurzen und zu bitteren Vergnügens hinterläßt und den die Angst vorbildet.

Da mußte ich lächeln: das war doch eine Genugtuung: Fuchs' bissiges Begehren, das unverschämte Ansinnen an ihn und an mich, uns dort allein unter dem heraufwallenden Groll ins Gras zu legen, das furchtbar verwegene Unternehmen – alles hatte die fünf Stunden überlebt. Und über die Richtungen weg, über Abend und Nacht und Morgen, über Norden und Süden würde es dauern.

Will Graven war im Büro in Ohnmacht gefallen, hatte sich der Länge nach auf dem Boden ausgestreckt; und jetzt lag er zu Haus im Bett, schon seit sechs Tagen, der Arzt konnte nichts Bestimmtes feststellen. Kreislauf; bißchen überarbeitet vielleicht. Das war ja nun schlecht möglich (wenn Lehner und Ambrosius darüber sprachen, wurde der Arzt mit seiner Diagnose zur lächerlichen Figur), nein, der gute Will konnte sich im Büro wenigstens nicht überanstrengt haben, wenn man Jolischens Test Glauben schenkte: der kleine Rechner und Tüftler hatte für sie alle, auch für sich selbst, herausgeknobelt, in welcher Zeit ihre Tagesarbeit zu erledigen sei, wenn sie rationalisiert und rasch hintereinander getan wurde. An Wills Schreibtisch hatte Jolischen das Pensum in nicht mehr als vierzehndreiviertel Minuten vor aller Augen bewältigt; Will aber besaß die Fertigkeit, es in den Hauptprozeß der Zeitungslektüre aufzulösen.

Jetzt war er krank, bedenklich, fanden Lehner, Ambrosius und Jolischen, die der unbesetzte Platz hinter Wills kahlem Schreibtisch angaffte, mit Langeweile behauchte: nun fehlte aus der großen Stumpfsinnmasse ein Quantum, Wills Anteil; bedenklich, weil gar keine Symptome sich zeigten, man folglich nichts bekämpfen, folglich nichts heilen konnte.

– Er war ja nie sehr solide, begann Ambrosius vorsichtig; blähte den Bauch, so daß die Schlitze der Westenknopflöcher klafften, hell den Hemdenstoff blinzeln ließen.

– Er rauchte bißchen viel, gewiß, sagte Lehner, der Wills zweites Laster, die heftige Liebe zum Alkohol, nicht erwähnte, weil es auch sein eigenes war.

– Rauchen und trinken und dann noch dem schönen Geschlecht seine Dienste zur Verfügung stellen, das kann ein Mann wie Will nicht lang aushalten, sagte Ambrosius poetisch; Neid und Mitleid: sein breites reptilhäutiges Gesicht war gefurcht davon.

– Wie alt is er denn eigentlich? fragte Jolischen, der erst seit drei Monaten auf die Freunde gestoßen, bald danach von ihnen anerkannt worden war.

– Knapp vor den fünfzig, sagte Lehner, warf einen fragenden Blick auf Ambrosius, der neidisch bejahend nickte. Was heißt übrigens: ein Mann wie Will? Was willst du damit sagen?

Lehners krebspurpurner, hagerer, schwarzbewachsener Langschädel zeigte sich ganz, die raschelnde Zeitungsmauer sank auf die Tischplatte.

– Na ich mein, daß er nicht der Stabilste ist, sagte Ambrosius stabil. Niemals war. Man sahs ihm nicht an, freilich, aber wern Blick dafür hatte ... Er sah mit dem Blick dafür, traurigem Blick dafür, wäßrig, rotgeplatztädrig auf den leeren Platz am leeren Schreibtisch.

Sie saßen eine Weile stumm hinter ihren knittrigen Zeitungswällen. Jolischen – er war unruhiger als die andern, kein Lesetyp, Bildungsmensch, wie Ambrosius sich ausdrückte – rückte seinen kleinen Drahtkörper hin und her, die unsteten Glieder; fuhr sich mit gekrümmten Fingern, zwei Händen, durch dünnen blassen Haarfilz, kratzte die Kopfhaut: dabei fand er meist schnell so etwas wie Ruhe, der Reiz und seine gleichförmige Befriedigung wirkten schläfernd; er sah auch gern das flockige Geriesel der Schuppen.

– Er hat aber doch ne Frau, Will, was? fragte er, feucht vor Behagen, durch den Spalt der gespannten Lippen.

Papiernes Knistern: die graubedruckten Wände fielen, zeigten Breit und Lang, Reptilgrau und Krebsrot. Stabil und Durstig.

– Und wie, sagte Ambrosius, die Tina, kennst du die nicht? Jolischen verneinte, stäubte mit den fettigen Fingerkuppen den Kopfhautschnee vom Anzug.

– Ich hab eben beim Lesen so gedacht, wir sollten ihn besuchen, sagte Lehner rot.

– Du sprichst mir aus dem Herzen, stimmte Ambrosius zu; wölbte den Leib vor Erleichterung.

– Einverstanden, sagte Jolischen, und Neugier beschlug die Gläser seiner Brille.

– Das ist wirklich ne nette Idee, die Herrn ausem Büro! sagte Tina traurig. Ich hab Kummer mit ihm gehabt, wahrhaftig, aber ich wünsch ihn mir wieder gesund und meinetwegen so herzlos wie er war, das kannste glauben. Sie starrte hellblau auf Ambrosius: die Tatsache, daß er Junggeselle war, machte ihn vertrauenswürdig, er erschien ihr neutral, schiedsrichterlich. Die Partei eines Frauenjägers würde er – wammig, wechselblütig – sicher nie ergreifen.

– Brav is er da jetzt wohl, kicherte Jolischen.

– Wir haben vor, ihm en bißchen übern Berg zu helfen, sagte Ambrosius zu Tina. Das is doch alles nur seelisch. War denn irgendwas Besonderes, bevor ihm das passierte?

Er stand noch allein mit ihr in der Garderobennische; die beiden andern gingen voraus, langsam und scheuschrittig aufs Ende des violett-tapezierten, fensterlosen Gangs zu.

– Ach, er hat mir ja nie was erzählt, klagte Tina, ich weiß nicht das Geringste von ihm. Na, seht Ihr mal zu, daß Ihr was bei ihm ausrichtet, freuen sollts mich. Ich mach Euch inzwischen en kleinen Imbiß.

Ambrosius folgte den andern, klopfte milde den Zeigefingerknöchel an die Türfüllung; trat an der Spitze des kleinen Zugs ein. Alle drei zeigten auf ihre Art Krankenbesuchliebenswürdigkeit, lächelten: regloses Reptilblut, heiße Schnapserregung, unstete juckreizige Neugier.

– Wir dachten, nun wolln wir dem alten Faultier mal en Besuch abstatten, sagte Ambrosius jovial, streckte den Arm aus.

Sie umstanden das Bett. Angst griff um ihre trägen Herzen: der Mann aus dem Büro hatte sich verändert, das Gesicht im Kissen war nicht identisch mit dem jenseits der Zeitungsmauer; sie erkannten es kaum, das graue freudlose Hängen der unrasierten Hautlappen von den Knochen. Unzufriedener Mund ohne Farbe, gekerbt in die Winkel; tiefgegraben, mit dem Meißel gehauen, die mürrischen Bürofalten, die sie locker, dem Spiel der Bewegung zugänglich, in Erinnerung gehabt hatten.

– Guter Gedanke, sagte Will, schob sich etwas zurück im Bett, so daß er fast aufrecht saß. Das is ne öde Liegerei, meine Herrn.

Er warf die Unterarme aufs Federbett, in den Ellenbeugen krumpelten sich die Hemdsärmel: schmutzigweiße Stoffrillen.

Wills Stimme paßte zu dem fremden Gesicht, sie war weinerlich; er fuhr fort:

– Stellt Euch vor, wie die Tina mich kurieren will, nix zu rauchen, nix zu trinken, gar nix, radikal gar nix.

Ambrosius nickte bedächtig; Lehner sah weg. Jolischen grinste hastig.

– Und wie bekommts dir? fragte er, glotzte gläsern.

– Na frag das nicht, jammerte Will, er starrte aufs Federbett, die gestreckt liegenden Arme: dunkle Haare auf der weißen Haut, eine Ader am Handgelenk pochte nervös. Vor Unruhe könnt ich nicht still liegen, wenn ich nicht so verdammt schwach wäre. Schwach wien Stück Stoff.

Sie waren nicht sentimental, aber sie wagten nicht, ihn anzusehn, Auge in Auge; mit ihm zu sprechen wie mit ihresgleichen: sie empfanden, daß er nicht zu ihnen gehörte, so lang er so aussah, so dalag. Sie stimmten nicht, wie sie es sonst getan hätten, wenn ihnen Will nicht so fremd vorgekommen wäre, seinen Klagen zu, auch Lehner nicht, den eine dunkle Ahnung vom Ausmaß der Leiden, die der Kollege litt, befiel und beschwerte: sie taten etwas ganz Ungewohntes, Anomales gegenüber dem Freund, vierten Mann der Bürostube – sie trösteten.

– Na wart nur, das vergeht dir. En paar Tage noch und du lachst Leute wie mich und Jolischen und vor allem wie Lehner aus, kannst gar nicht mehr verstehen, was die Gutes anner Zigarette oder annem Glas Schnaps finden können, sagte Ambrosius. Lehner nagte die Unterlippe, schwitzte Furcht und Durst. Jolischen kicherte.

– Na ich weiß nicht, sagte Will, ließ die Mundwinkel hängen, ich weiß nicht.

Sie schwiegen; mürrische schlechte Luft und Stille, verdrießlich besänftigend. Sie erschraken, als sie die Arme des Patienten jäh sich heben sahen, mit dumpfem Aufprall zurückfallen in die sacht sich hochschnaufenden Federbettsenken.

– Aber das is ne Schikane, rief Will mit der neuen Nörgelstimme, sone Radikalkur, da mach ich nicht mit. Alles tut weh, Mensch, ihr habt ja keine Ahnung, was das für Schmerzen sind, Glieder, Magen, keine Verdauung seit den sechs Tagen, die ich hier liege.

Die drei saßen mit halbgesenkten Köpfen, hörten den ärgerlichen Tonfall sanfter werden, leiser, lauernder:

– Sag mal, Lehner, alter Knabe, du pflegst doch für gewöhnlich gewisse Gefäße mit ner gewissen hochprozentigen Flüssigkeit mit dir rumzuschleppen, he? Na, wie wärs, na, na?

Sie saßen alle drei zunächst in ehrbarem Widerstand, unbereitwillig. Aber nein, nein nein. Durst, dachte Lehner, spürte verliebt die flaschig glatte Rundung an der Hand in der Tasche, kühl. Was erleben, was los, die Neugier kitzelte Jolischens kalkige Haut.

Ambrosius gab als letzter nach: was konnte er, obwohl er die Autorität verkörperte, gegen die drei ausrichten, wenn schon einmal die Flasche von Mund zu Mund gewandert, der glashelle Genever in die Gaumen gegluckst war. Als die Reihe an ihn kam, trank er behutsam; schnell verstöpselte er, verstaute die Flasche in der Innentasche seines geräumigen Rocks, denn er hatte Schritte gehört: Tina kam mit dem Imbiß.

– Sieht er nicht schon heiterer aus, gnädige Frau? sagte Jolischen; nahm galant den Teller ab, stellte ihn auf Wills Nachttisch.

– Wahrhaftig, sagte Tina; ihr kleines bekümmertes Gesicht zeigte kein Mißtrauen, mich sollts so freuen, wenn Ihr ihn bißchen mobil machen könntet. Guten Appetit, die Herrn!

– Mobil! höhnte Will, als sie draußen war; Lachen ruckte aus seinem sitzenden Oberkörper. Mobil, wiene Frau sich das denkt. Mitem bißchen Klatsch, ner Illustrierten, em Kreuzworträtsel, Stück Torte dazu. Das genügt denen.

– Issen anspruchsloses Geschlecht, sagte Lehner, grunzte begeistert.

– Na na, so möcht ich das nicht formuliert haben, sagte Will, wunschlos und so sind die auch nicht grad.

Die Flasche kreiste, leerte ihren kühlen Bauch; ihre Köpfe wurden warm; weich und gedunsen saß die Haut über den Backenknochen.

– Ich rieche, rieche Menschenfleisch, grölte Will; hielt die Flasche gegens Licht, betrachtete mit sanfter Schwermut den niedrigen Flüssigkeitsspiegel.

Beim Weiterreichen an Ambrosius verschwappte er zwei

dicke Tropfen, sie sickerten schnell ins Federbett, entwischten Jolischens blaßbrauner Leckzunge: er erstickte sein kicherndes Bemühen in den willigen Daunen.

– Liebe Freunde, deklamierte Ambrosius, er schwenkte die Flasche. Ich möchte vorschlagen, daß wir den kostbaren Rest des kostbaren Nasses – er unterbrach sich mit tz tz und selbstbelobigendem Lachen – dieses kostbaren Nasses Rest dem kranken Freunde einmütig opfern.

Er rülpste gerührt; sie rülpsten einmütig.

Will nahm an. Sie sahen ihm zu, wie er austrank; sie liebten ihn, jetzt war er wieder der bekannte Gefährte des alltäglichen Einerleis, sein Gesicht paßte hinter die knistrige raschlige Wand aus bedrucktem Papier: Bildungsmensch, Ausgelieferter an die vier Wände, zweifenstrig, ans graue Oben und Unten des Büros wie sie.

Völlig in Erstaunen versetzte es sie darum, plötzlich den Mann im Bett nach Luft ringen zu sehn, es entsetzte sie das Geräusch von widerspenstigem Atem, Kampf, der Anblick der angstgequollenen Augäpfel – sie standen auf, taten dies und das, halfen, stützten; aber es ging so rasch, das leidenschaftlich-tätige Sterben, so rasch und radikal und mobil verfuhr der Tod mit Will, den sechs Tage vorher eine Ohnmacht aus der Welt der Tagesarbeit (vierzehndreiviertel Minuten) in die Sterbezone, ins Wartezimmer für Moribunde, ohne vernünftigen Grund geholt hatte.

Sie standen ein wenig betreten, auch verlegen am Fußende des Betts, blickten auf den endgültig Toten: seine Arme lagen genau wie vorher und sahen nicht anders aus, sie erinnerten sich des Eindrucks von Fremdheit und fanden ihn jetzt auf erschrekkende Weise begründet, nur der Alkohol hatte täuschend das Bild verwischt.

– Du liebe Zeit, sone Drittelflasche Genever, ich glaube, wir brauchen uns keine Vorwürfe zu machen, sagte Ambrosius.

Er hörte befreiten Atem links und rechts, roch den warmen Strom von Beklemmung, der aus den Mundhöhlen von Lehner und Jolischen entwich.

– Der arme Kerl, scheint doch irgendwie ernster krank gewesen zu sein, als man ahnte, sagte Lehner.

– Andrerseits war er nix mehr gewöhnt, sechs Tage trocken, gab Jolischen zu bedenken.

– Ach wo, sagte Ambrosius mit leiser Schärfe, das bißchen kann keinem Baby geschadet haben, obwohl ich ja ursprünglich dagegen war. Aber Lehner hat recht, er war kränker als wir dachten und es ist ne Verantwortungslosigkeit vom Arzt, niemand zu warnen.

– Ob die Tina auch nichts gewußt hat? fragte Jolischen.

– Wer weiß, vielleicht hat sie bloß aus falscher Scham ... deutete Lehner an.

– Dann wärs sträflicher Leichtsinn gewesen und ihre Schuld, sagte Ambrosius im Ton der Empörung.

Sie schwiegen. Während Ambrosius und Jolischen still, mit dem Ausdruck des Beleidigt- und Betrogenseins an den Bettpfosten standen, schlich Lehner auf den Zehenspitzen ans Kopfende: neben dem Kissen war seine leere Flasche liegengeblieben; er nahm sie schnell, versteckte sie, lilaverschreckt, in der Aktenmappe.

– Mag es auch Tinas Schuld gewesen sein, sagte Ambrosius, der Lehner beobachtet hatte: sein Denken war zwar langsam, aber zuverlässiger als das hektisch-unstete von Jolischen, das heiße, durstbetäubte von Lehner. Mag sie sich jetzt auch für den Tod dieses prachtvollen Mannes anklagen müssen, wir sind leider gezwungen, damit zu rechnen, daß sie diese Tatsache nicht einsehn wird. Ihr wißt, was ich meine. Im ersten Kummer und so. Es wäre also besser, ohne ein Wort über das betrübliche Geschehnis so schnell wie möglich zu verschwinden. Man läßt ihr damit auch noch ein bißchen Zeit.

Sie schenkten ihm keinen Blick mehr. Jolischen erwog, aus dem Fenster zu steigen, Lehner war dazu bereit, aber Ambrosius fürchtete für seinen ungeschickten massigen Körper, auch hatte der Genever ihm seine Hände und Füße ein wenig entfremdet. Sie verließen, wie sie gekommen waren, das Zimmer, Ambrosius an der Spitze; Jolischen klickte mit seiner maushaften Wendigkeit das Schloß zu. Ebenso vorsichtig wollte Ambrosius die Haustürklinke hinunterdrükken: da trat Tina aus der Küchentür, stand in einem Strahl von unbarmherzigem Licht und dem warmen Geruch kochender Marmelade; der Strahl fing die drei Männer ein, hielt sie fest.

– Na, wie fandet Ihr ihn? fragte Tina, wischte die Hände abwärts über die Schürze. Ihr Gesicht war dunkel, aus dem Hinterhalt umkränzte das Licht ihr fahles Witwenhaar.

– Wenn man abzieht, daß ern bißchen schlapp war, könnt man ihn fast für gesund halten, sagte Ambrosius; die andern hatten sich wie gewöhnlich auf ihn verlassen und das erfüllte ihn mit Stolz, gab ihm die Fähigkeit, der peinlichen Lage Herr zu werden.

– Ach je, mir wärs recht, klagte die Frau; schüttelte langsam den blaßbeschimmerten Kopf.

– Ihre Brote warn vorzüglich, gnädige Frau, eiferte Jolischen.

Lehner fing plötzlich an, unter der Hauthitze mehr zu glühn: er hatte einen Einfall.

– Nur um was zu Trinken haben wir alle vier gejammert, sagte er heiß, lachte laut, rot.

– Das glaub ich, da hat er sich sicher bei Ihnen beschwert, wie? Vor Lehner hatte Tina immer ein bißchen Angst, sie siezte ihn, wenn sie ihn allein anreden mußte. Sie lachte mit; bedankte sich herzlich bei den Freunden, ließ sie aus der Haustür. War wirklich ne kollegiale Idee, sagte sie glücklich.

Lehner waren sie böse, tagelang. Er verteidigte sich: Tina wisse, daß er den Alkohol schätzte; sie würde Verdacht gegen sie alle geschöpft haben, wenn er nicht bei seinem Besuch wenigstens einmal das Wort »trinken« gebraucht hätte.

Aber es kam nur selten zu Wortwechseln.

Jolischen war einsilbig mit kurzen, flinken Unterbrechungen; kicherte, juckte schneefallerzeugend.

Ambrosius jedoch war feindselig: langsamblütiges, hartwammiges Reptil.

– Wir wollten nichts sagen, was uns irgendwie rausredet, wollten durchaus ehrlich bleiben, sagte er ehrlich, denn wir hatten ja in der Tat kein schlechtes Gewissen, nicht wahr? Das ist es, was mich an der Sache so kränkt.

Hinter Papiermauern litt Rot durstig-pathetisch; kränkte sich breit und gemächlich Reptilkühl; kratzte geschäftig Unrast die

Erregung von der aufsässigen Kopfhaut. Will Graven mußte fast vierzehn Tage tot sein, bis man wieder von einer friedlichen Lesestimmung im Büro sprechen konnte.

Sie sind alle reizend

Am Anfang kam sie immer gut mit ihnen aus. Sie fand sie alle auf ihre Art reizend. Dem zwergenhaften Nuller mit den langen abstehenden Ohren und dem verfrühten Flaum von schwärzlichem Grau brachte sie zärtliches Mitleid entgegen. Sie kokettierte mit dem Sohn des Bauunternehmers, dem Ältesten in der Klasse; aus seiner fertigen Stimme hörte sie dumpf ungewisse Männlichkeit. Sie fand ihn recht hübsch, er hatte einen unternehmungslustigen Blick in den Augen. Außerdem konnte er schon was. Er bildete einen Satz mit »girl« und »teenage-club«. Er war immer ein bißchen anzüglich.

Gefallsüchtig hörte sie ihm zu, lächelte mit überlegen herabgezogenen Lippen, verwies ihn sanft.

– Die andern verstehn das noch nicht, sagte sie fraternisierungslustig und genoß die Intimität zwischen sich und ihm; lächelte wieder, etwas deutlicher, nicht mehr verächtlich; blieb aber erhaben.

Liebe eines Siebzehnjährigen zu seiner Lehrerin. Leidenschaftliche Zuneigung eines Jünglings, der ein Mann zu sein glaubte. Endet natürlich mit Mord.

Sie lächelte noch einmal intensiv in seine Richtung und rief den Nächsten auf:

– Herr Seibert, Ihr Satz!

Er hatte ein rosa Babygesicht mit speckfaltigen, tiefhängenden Backen, die einen runden Schmollmund in den Winkeln einbetteten und eines Tages, wenn Seibert in den Pausen so weiter futterte, begraben würden. Er antwortete rosa, speckig.

– Herr Quarz, verbessern Sie! rief sie auf.

Ihn konnte sie am wenigsten leiden. Sie hatte ihn nicht gern, weil er nicht auf sie reagierte. Er war unempfänglich für ihre kleinen Herabwürdigungen. Er sagte seine Verbesserung artig, blind, empfindungslos.

– Los, Herr Blum, konjugieren Sie jetzt die Gegenwart von »to be«!

Sie liebte ihn, weil er es lächelnd gehorsam tat. In seinen Augen lag Bereitwilligkeit.

Er auch. Liebt mich. Rivalität zweier Halbwüchsiger, die ihre ungewöhnlich attraktive Lehrerin mit fanatischer Leidenschaft liebten. Das bedauernswerte, zu sehr verehrte Opfer wird morgen mittag, zwölf Uhr dreißig, auf dem Stadtfriedhof beigesetzt. Die Schuld der Jünger des Eros fällt unter die Jugendamnestie.

Herr Schädel meldete sich.

Fleißiger Knabe, will gute Note haben, haßt man als Schüler, liebt man als Lehrer, stört nie.

Herr Schädel fragte mit eifriger, devot bettelnder Stimme:

– Bitte, Sie sagten doch, es gäbe nur ein Geschlechtswort?

– Natürlich, sagte sie mit verwundertem, von unten nach oben singendem Tonfall, schweifte mit dem beifallsgierigen Blick über die Schar der Köpfe und erbeutete ein paar vage, dienstfertige Lächeln; war dankbar; wollte mehr, suchte ab, fand nichts; sagte noch einmal: Natürlich! Was ist daran zu kritisieren?

Jetzt stießen ein paar kehlige Lachschlucke in den Raum, Lippen dehnten sich; Interesse und das Verlangen zu verhöhnen wachten auf in den Augen; neugieriges lauerndes Rucken und Schieben bewegte die trägen Körper.

– Er hat doch aber eben konjugiert: »he she it is«, sagte Herr Schädel beleidigt.

– Yes, sagte sie hochnäsig, machte runde erstaunte Augen. The table is brown. It is brown. Do you understand?

Herr Schädel blickte starr; verstand nicht, würde noch lang nicht verstehn; er verzog den eifrigen Mund zu einem abwärtsgebogenen Kreis, dem die untere Hälfte weggeschnitten war.

– Es gibt zwar nur einen Artikel, sagte sie laut, aber natürlich haben die Substantive doch verschiedenes Geschlecht. Bei dem

Beispiel »Mann« und »Frau« wird Ihnen das einleuchten, nicht wahr? Da sind doch wohl gewisse Unterschiede, meinen Sie nicht, Herr Schädel! So große, daß selbst die Angelsachsen sie entdeckt und in ihrer Grammatik ausgedrückt haben.

Sie erniedrigte sich mit zweideutigem Lächeln, ironisch, selbstgefällig; heimste glucksendes, erfreutes, dankbares Pubertätsgelächter ein; schrieb großbuchstabig an die Tafel: The man – he; the woman – she; the child – it.

Sie stand nie gern sehr lang mit dem Rücken zur leise lärmenden Klasse; argwöhnisch, ohne gutfundiertes Selbstvertrauen, kritzelte sie das letzte Wort schlecht leserlich und drehte sich rasch auf dem Absatz um, orientierte sich über die Stimmung, suchte Halt an wohlwollend grinsenden Gesichtern.

– Wobei natürlich »the child« auch »he« oder »she« sein kann, versteht sich.

Nichts, keine Reaktion. Begriffsstutzige Dickhäuter. Wie seh ich aus?

Sie beleckte die Lippen und fuhr mit der unparteiischen Lehrerstimme fort, die Aufgabe abzuhören. Herr Schädel las vor.

– The man reads its book.

– Na na na, das wissen wir jetzt besser, sagte sie mit prätentiösem Seufzer, hinweisend, verweisend.

– His book, sagte der großmundige, langohrige Herr Nuller und ließ sich loben.

Herr. Idiotisch, sie so anzureden. Wie sonst. Jürgen Dieter Klaus. Zu persönlich. Intim. Schwierig außerdem, weil sie alle gleich heißen. Eltern ohne Einfallsreichtum, nichts ist anonymer als so ein Jürgen. Lieber nicht.

– Ihren Satz, Herr Nuller!

Das Herrchen mit schwärzlichgrauem Flaum, unbekleideten Beinen und gemischt brüchiger Stimme erhob sich, entließ seinen Satz offenen feixenden Lippen, sah sie aus nicht freundlichen Augen an: erwartete Kritik oder Zustimmung.

– Come to the table and write it down, sagte sie.

Herr Seibert erwachte träge, rosa; er hob einen rechthaberischen Finger und forderte:

– Blackboard. Tafel heißt doch »blackboard«!

Gespitzte Ohren: Lauern, Forschen. Mit Argwohn füllten sich die immer zum Verdammen bereiten Augen.

– Natürlich, that's too silly, awfully silly, ratterte sie in blitzschneller Selbstironie; lächelte gequält, mit Anstrengung erhaben. Wer mit Dummen streitet, wird selber zum Idioten, sagte sie und tat, als handle es sich um ein Zitat.

Gekränktes, verblüfftes Schweigen; ein paar gedämpfte »oho«.

Alles wendete sich zum Negativen. Sie hatte sie in der zweiten Hälfte des Unterrichts niemals gern und am Ende haßte sie alle, vom ersten bis zum letzten, mit einer Art verzweifelter Selbsterhaltungswut. Aber diesmal war es zu früh, viel zu früh: nicht leicht, durchzuhalten.

– Fräulein Höfer, die Zahlen von eins bis zehn! befahl sie. Ihre linke Hand bemächtigte sich ordnend, glättend der Frisur im Nacken: während sie abwesend zuhörte und manchmal mechanisch verbesserte, stellte sie sich das Bild ihrer selbst vor, so wie es den Schülern erscheinen mußte, wie es ihr von langen nachdenklichen Augenblicken vorm Spiegel vertraut war. Sie steifte das Kinn, drückte die zu schmalen Lippen heraus, zog den Bauch ein, atmete tief.

– Und nun rückwärts!

– Ich? fragte Fräulein Höfer und blickte entsetzt aus weiten glotzenden Augen.

Fisch. Scholle oder Karpfen. Irgendeine dieser basedowäugigen Fischsorten.

– Ja, Sie, sagte sie süffisant, grinste unbestimmt nach rechts; schöpfte mit Hilfe der Demütigung neuen Mut.

Leises knarrendes Schnauben um sie her, sich bewegende Lippen, Unruhe; weit umgreifendes, sich verbreitendes, schnell wachsendes Desinteresse – wie ein lang lang sich entringelnder Schlangenleib.

Fräulein Höfer stolperte rückwärts von zehn bis ein; vergaß bei der drei zu lispeln.

– Kein »s« ermahnte sie, Zunge nach vorne, los los, zwischen die Zähne, probieren Sies nochmal.

Fräulein Höfer, hilflos, heiß, probierte; scheiterte; probierte; scheiterte.

– Jetzt haben Sie ein »f« gesprochen, vorher ein »d«, sagte sie und schüttelte den Kopf, seufzte wieder auf die zart ermüdete Art, wobei sie die Brust spielerisch kokett in einer flüchtigen Hebung vorragen ließ. Sehn Sie her, sagte sie heiter, tun Sie, als ob Sie mir die Zunge rausstrecken wollten.

Beifall Beifall Beifall. Nicht schlecht, so weiter. Komme wieder hoch.

Sie ergriff das fragile Schilfrohr, klammerte sich ganz fest, fest.

– Sehn Sie mich doch an, daa! Sie zeigte ihre Zunge breit und böse und versteckte sie wieder und lachte.

Beifall. War was für die beiden Verliebten. Zur Raserei gebracht vor Leidenschaft beim Anblick der begehrten Zunge, die von der Lehrerin aus methodisch-praktischen Gründen gezeigt werden mußte. Womöglich öffnen nun auch ein paar andere ihre schlummernden Herzen. Ungewöhnliche, durchaus unkonventionelle Person, reizend.

– So müssen Sies machen, sagte sie sanft, ihre Stimme machte danke danke für den Applaus, bitte bitte danke danke.

Verwirrt, unsicher zeigte sich die hellrosa Spitze von Fräulein Höfers Zunge; keusch, bewahrerisch zog sie sich schnell wieder zurück hinter die Zähne.

– Jetzt Sie, Herr Quarz!

Kann es nicht, konnte es nie, wird es nie. Entlade dich über ihm, gnadenlose Wut der Klasse.

– Dad.

Brüllend erhob sich die provozierte Verachtung, übelwollendes farbiges Gelächter; sie beschwichtigte, während glücklicher Glanz in ihren Augen sich bedankte: danke danke. Sie wandte sich ab vom Opfer ihres Erfolgs, ließ es sitzen, Hilflosigkeit in unverstehenden Augen, sitzen im Bewußtsein der Unfähigkeit, die ein Gewicht von Kränkung besaß.

Grau, staubig, zwei Blutkleckse im linken Auge. Ein Opfer. Ich kann ihn nicht leiden.

Sie ging durch die Reihen, richtete über gute, schlechte, mittelmäßige »th«.

– Three, sagte sie und versuchte es noch einmal mit der herausgestreckten Zunge; für eine müde Brandungswelle von dumpf mißgestimmtem Beifall spendete sie den Dank eines herablassenden Lächelns.

– Three, sagte sie dicht vor Fräulein Knebel, unmittelbar neben Herrn Quarz; sah picklige Kindergesichter, einsame Züge von Reife, sich überziehn mit sanfter Röte, wenn sie prüfend, hörend näherkam, die Lider ein bißchen zusammenkniff bei jedem Mißklang, ab und zu billigend würdevoll nickte. Mit zärtlichem Ernst nahm sie die Erfolgreichen auf, plazierte sie liebevoll auf dem Podest des Könnens.

Während sie zwischen den Bänken stand, aufgerichtet, unnahbar genähert, entwickelte hinter ihrem Rücken sich Raunen: es verstärkte sich rasch, wurde massiv, lastend.

Etwas an meinem Rock, an der Jacke. Der Plastikdraht aus dem Unterrock wieder kaputt, guckt raus, hängt, lugt unter dem Saum hervor.

Mit schwachen Beinen ging sie zurück; Raunen verlagerte sich, verschob sich, kam von hinten, wurde vorn unterdrückt. Sie hatte ein hohles Gefühl im Zwerchfell; trockne Lippen, wenig Spucke.

– Herr Quarz! rief sie auf, scharf, schneidend.

Er hatte mitgelacht. Er lachte sonst nie. Wenn er mitlachte, war eine Situation gefährlich.

– Lesen Sie die Sätze auf Seite vier!

Er war ihr Opfer. Er hatte ein schartiges graues Gesicht, auf dem unzeitgemäßer verkniffener Pessimismus alles erduldete, protestlos, ohne Anmut. Er nahm die Schande der Klasse auf sich. Er las unbewegt, die graue Haut färbte keine Erregung; in den Mundwinkeln versickerte gemächlich das höhnische Grinsen. Er hatte eine breiige Stimme ohne den geringsten Klang. Er las korrekt bis auf ein einziges »th«.

– Nochmal! sagte sie scharf, hoch.

– Dick.

– Das ist deutsch, rief sie. Es heißt »thththick«!

Lachen, böses, kein Beifall. Versinke im Schlamm, im Morast des Hohns. Was ist los.

Sie fingerte an der Jacke im Rücken: stellte nichts fest; sie stand auf zittrigen Beinen starr, schwach.

– Herr Blum probieren Sies mit dem nächsten Satz, gönnerte

sie in einem letzten Versuch, Neigungen zurückzugewinnen.

Die lesende Stimme war spöttisch, unterdrücktes Lachen klang mit.

Etwas Komisches, etwas Lächerliches an mir, was ist los, nichts zu entdecken.

Argwohn und Angst lenkten ihren Blick auf das neue, schreckliche Grinsen des Opfers.

– Herr Quarz, rief sie mit ungehorsamer Stimme, Sie benehmen sich wie ein Trottel!

Gelächter, feindliches; Beifall, von dem sie ausgeschlossen war, obwohl sie ihn hervorrief.

– Deklinieren Sie »table«!

Fremdwörter versteht er nicht, wird nicht wissen.

Schweigen. Grinsen. Ohnmacht.

– Ha, natürlich, triumphierte sie. Machen Sies dann um Gottes willen auf deutsch: der Tisch, los!

Unverständnis. Irrblicken.

– Beugen Sie! rief sie, fast etwas ermutigt von so viel Ahnungslosigkeit.

Ein Funke stob durch die grauen Augen, Lippen öffneten sich, die breiige Stimme leierte:

– Der Tisch des Tisches dem Tische den Tisch.

– Ja, sagte sie enttäuscht. Herr Filz, nehmen Sie »Geige«. Los.

Herr Filz hatte eine fettige Welle im Haar über der kurzen schrägen Stirn.

– Die Geige der Geige dem ...

Er hielt ein, auf ewig blöde, unfähig, fassungslos. Wem? Dem. Dem dem dem. Können nicht. Pickel und Haarwellen. Wozu auch. Wozu sollte er in seinem Leben je ein Wort deklinieren. Gebraucht nur die Nominative, Imperative. Sprechen stenographisch, lallen wie die Neger. Kino, he? Was zu trinken? Bier! Süße Fratze, haste Angst? Zigarette! Brauchen nicht mehr.

Sie ließ das Opfer weiterdeklinieren; er tat es mechanisch, wie eine Maschine, die ein Handgriff ankurbelt, empfindungslos, korrekt.

Kein Anlaß. Möchte ihn strafen strafen strafen. Riecht aus

dem Mund und an den Füßen. Der Mensch. Hat eine Mutter, die ihn liebt oder nicht. Sucht nach was Schönem an ihm, suchen alle alle Mütter nach Liebenswertem, um lieben zu können. Hat einen formschönen geraden Zeigefinger. Riecht so charakteristisch. Etwas, das man behalten kann, was Familiäres, für die Erinnerung. Erzähl doch mal vom Pappi! O, der! Einen hübschen Furunkel hatte er zuletzt. Ja, aber erinnerst du dich noch an Tante Linas flammendes Muttermal? Ach ja. Scheußlichkeiten bleiben als einzig sichere Anhaltspunkte, nicht zu vergessen.

Der Klassensprecher meldete sich; kam zu Gehör und fletschte die großen pastellgefärbten Schneidezähne und sagte halbtief, gebrochen:

– Wollt nur sagen, daß Quarz heut Geburtstag hat. Daß Sie ihn nicht so viel drannehmen, Sitte bei uns. Er grinste, fletschte, rieb die rissigen Hände.

Sie stellte sich um.

– Wie alt? fragte sie jovial.

Ein Kichern hinten rechts.

– Sechzehn, sagte Quarz indifferent, grau, staubig.

Vor sechzehn Jahren hat seine Mutter ihn mit allen Mühen und Anstrengungen des Lebens an die Welt befördert, als ob es sich lohnte. Ein Mensch. Nach dem Kampf hat sie ihn in die Arme genommen und gelächelt und der Vater hat ein Photo gemacht. Ein neuer Mensch. Sie haben den obligatorischen Aufwand getrieben. Vielleicht Liebe. Wenig Liebe. Ein Opfer.

Gereizt sah sie weg, ermahnte den zappelnden Nuller: er errötete unter seinem angeberischen Flaum, grinste breit mit dem großen Mund, stellte die langen Hasenohren.

– Deklinieren Sie »table«, sagte sie zu ihm.

Er kam bis zum halben Genetiv. Mit Verachtung ging sie an die Tafel, vergaß die raunende kichernde Gefahr im Rücken, drehte sich um und kritzelte argwöhnisch »of the table«, unleserlich; kritzelte auch, während Flüstern, schnaubendes, gebrochen gurgelndes Lachen hinter ihr entstand, rasch schwoll, bedrohlich wurde, den Dativ darunter. Sie drehte sich um: blickte in ein erhitztes, beschäftigtes Nichts.

Etwas Komisches hinten, der Draht, ein Flecken im Rock, was nur.

– Erinnern Sie sich? fragte sie geringschätzig. Schon mal davon gehört, ja?

Ihre Ironie ging unter zwischen den rotglühenden Ohren.

– Diejenigen, die im Französischen mitmachen, werden hier an die Präpositionen »à« und »de« denken, umgekehrte Reihenfolge, selbstverständlich, sagte die geschäftige, buhlerische Stimme.

Macht sich gut, mit Französisch anzugeben. Bitte bitte bitte. Sie haßte sie; warb haßerfüllt.

Zuflucht zum Buch.

– Lektion fünf, schlagen Sie auf.

Der Bauunternehmersohn las mit fertiger Stimme seine kehligen amerikanischen »r«.

Loben, Freude machen, Anhänger. Loben.

– Es täte Ihnen gut, jetzt aufzupassen, sagte sie zum Opfer, das dumpf unbewegt gesessen hatte, Sie hätten nämlich profitiert. Es war sehr gut, lobte sie die keimende Männlichkeit.

Eine Partei, Anhänger. Bitte bitte.

Der Gelobte lächelte ohne Rührung. Andere lasen, leierten, sprachen schlecht oder mittelmäßig aus; blieben im Lachzwang. In den Mundwinkeln des Opfers saß das hinterhältige Grinsen fest und hartnäckig.

– Trotz Geburtstag, Herr Quarz, muß ich Sie verwarnen.

Ungerecht. Warum er. Weil er mich nicht lieben könnte.

Es läutete. Wie angeordnet stellte sie sich, steifbeinig, mit verborgenem Rücken neben die geöffnete Tür und entließ den Haufen lauter, entbändigter Gefangener.

Abscheuliche, übelriechende Menschheit. Sie reinigen ihre Fußnägel alle 14 Tage und schneiden sie einmal im Monat. Manche benutzen Mittel gegen Körpergeruch. Für ein bißchen Lächeln würde ich sie lieben.

Sie zogen an ihr vorbei: babywangig, fiebrig verschwitzt, geruchbeladen und gedemütigt, vergeßlich.

Steif hielt sie den bedrohten Rücken und ging über den Flur ins Lehrerzimmer; erschöpft, von der Erregung gewürgt.

– Hab ich da was am Rücken? fragte sie die mütterliche Kollegin Sturz. Es kitzelt derartig.

– Ich kann nichts finden, sagte Frau Sturz sachlich, tröstend. Alles in Ordnung.

Nichts. Gar nichts. Nichts finden.

– Hatten die jetzt immer noch das Spielzeugauto in der U3? fragte Frau Sturz mit der ruhigen Freistundenstimme. Vorhin bei mir, in der ersten Stunde, warn sie ganz verrückt. Kaum zu bändigen.

– Hab nichts gemerkt, sagte sie. Sie waren recht brav. Sie ließ sich auf ihren Stuhl fallen, schlug ein Buch auf, streckte die Beine von sich, öffnete unter der Jacke den Rockknopf in der Taille.

Nichts. Nichts an meinem Rücken. Kein Fleck im Rock, der Draht, alles in Ordnung. Ein Spielzeugauto.

Sie stand auf und ging über den Flur und lächelte ihnen zu.

Sie lieben mich, ich liebe sie, nichts Komisches. Sie sind alle auf ihre Art reizend.

Ein ganz uraltes Vorhaben

– Es gibt keinen plausiblen Grund dafür, pflegte später Bert zu sagen, als das Ereignis in aller Munde war. Man kann es sich keinesfalls irgendwie logisch erklären. Dabei dachte er mit leisem Groll an seinen jahrelangen Kampf gegen Millas weibliche Unlogik: was hätte er von ihr anderes erwarten können als den nackten Ausbruch dieser Krankheit – denn so mußte man wohl Millas Unvermögen bezeichnen, ihre Gedanken und Handlungen in einer sauberen ungebrochenen Folge aneinanderzureihen.

– Es besteht kein ursächlicher Zusammenhang zwischen dem einen und dem andern, sagte er zum Kommissar.

In der Tat gab es vorübergehend einen Kriminalkommissar in der Angelegenheit, obwohl eigentlich nichts dafür sprach, daß es sich um ein Verbrechen handelte. Viel Schnüffelei und Rätselraten und verständnisloses Unbehagen, und kein Ergebnis.

– Lassen Sie uns nochmals von vorne anfangen, sagte der Kommissar. Sie sagten, daß Ihre Frau die Schneiderin, diese Frau Fertigan, an diesem Tag nicht erwartet hatte ...

Dann war es aber nur Frau Fertigan, die hinter der Haustür im grauen Licht des Gewittermorgens stand. Leider. Wer auch sonst? Leider.

– Ah, ich habs ganz vergessen, daß heut Ihr Tag ist, rief Milla.

– Ja, wenns nicht passen sollte? Die blasse Stirn, in die das schieferfarbene Haar tief wuchs, furchte sich bescheiden.

– Aber doch doch, natürlich! Milla ergriff die Henkel der beuligen Nähtasche. Herein, herein! Sie lachte, ihre Stimme hastete dahin, laut, unbestimmt. Also los! Sie schob Frau Fertigan an den Schultern in die Garderobe, half ihr mit scheuer Vorsicht aus dem Mantel. Natürlich paßts mir, rief sie. Sie sah zu, wie Frau Fertigan behutsam die dicken schiefergrauen Massen rechts und links vom Scheitel betupfte, drückte, nach der Mitte zu leicht hochschob. Mein Mann würde mir das nie verzeihen, wenn ich Sie wegschicken würde. Sie wissen ja.

– Hat er wieder was kaputtgemacht? fragte Frau Fertigan; ihr winziger Mund versuchte zu lächeln.

– Na und wie! Manschetten durchgewetzt, und Hemdkragen sind unmodern geworden, und dann müssen endlich Knopflöcher in die neuen Umschlagleintücher.

– Ja ja ja, machte Frau Fertigan; sie runzelte ihre kurze Stirn, so daß der Scheitel hinunterrutschte und zwischen Haar und Brauen nur noch zwei enge weiße Wülste blieben.

– Zu einer auf jeden Fall deplazierten und übereifrigen Herzlichkeit pflegte die Fertigan meine Frau zu inspirieren, sagte Bert zum Kommissar. Ich habe sie oft zurechtgewiesen, ich meine, in aller Liebe, denn mir schien sich in dieser übertriebenen Freundlichkeit doch nur ein Schuldbewußtsein zu manifestieren, und so war es auch, ein Schuldbewußtsein, das, wie wir jetzt leider einsehn mußten, viel zu weit ging, neurotisch war.

Der Kommissar hörte auf, mit der Bleistiftspitze schwarze Pünktchen in sein Notizbuch zu hacken.

– Die Schneiderin empfand Sympathie für Ihre Frau?

– Ja natürlich, rief Bert, Sympathie, ja, schon – aber trotz allem, mir schien sie nicht der entgegengebrachten zu entsprechen, ich will sagen, solche Leute, einfache Leute, sind oft sehr hellhörig, sondieren das Falsche vom Echten ... zum Beispiel glaubte ich hin und wieder so etwas wie einen Schimmer von Geringschätzung und Mißtrauen in den Augen der Fertigan zu erkennen ...

– Zumindest, sagte der Kommissar, er blickte auf und schnell wieder zurück auf das gepünktelte Blatt im Notizbuch, steht wohl fest, daß sich am Anfang noch nichts Ungewöhnliches bemerkbar gemacht haben konnte, denn sonst ... Er schwieg verlegen, räusperte sich, setzte den Bleistift in Bewegung.

– Und nachmittags hat sie ja dann den Besuch erwartet, sagte Bert, die beiden Salms, Freunde, mit denen wir früher mal intimer waren, er war mein Kollege bei Stuffing & Co.

– Sie haben sogar Glück heut, sagte Milla, es kommt nämlich Besuch und ich hab viel Kuchen im Haus.

– O, sagte Frau Fertigan, heut ist man ja nicht mehr so hinter den Sachen her, Kuchen und so, man hat einfach nicht mehr den Hunger.

– Jaja, rief Milla, wirklich, das stimmt, ich mach mir sowieso gar nicht viel draus. O, da sehn Sie nur: der böse Bert, was hat er alles wieder kaputtgemacht!

Die beiden Salms kamen früher als erwartet.

– Mit dem Wagen, weißt du, läßt sich das nie so festlegen, sagte Fritzi.

– Ein toller Wagen, sagte Milla.

Oben am Fenster Frau Fertigans Profil, fast konkav, wie ein trüber Halbmond, über die Arbeit gekippt in einem mahnenden Eifer.

– Kommt schnell rein, sagte Milla, es ist so ein komisches schwüles Wetter.

– Das Wetter muß natürlich, wenigstens für Fall eins, meines Erachtens aber auch für Fall zwei in Betracht gezogen werden, sagte einer der Sachverständigen.

– Wir haben ein wahnsinniges Gewitter hinter uns, rief Fritzi; sie strich die eingeschwitzten Stoffwammen ihres giftblauen Rocks glatt.

Peter war fertig mit wichtigtuerischem Hin und Her vor dem Auto; er streckte Milla sein derbes Handgelenk hin, ließ die schmutzigen Finger baumeln: zur Begrüßung muß man sich anfassen.

– Man kann doch wohl Fall zwei nicht aus Fall eins resultieren lassen, sagte jemand. War die Zuneigung der beiden Frauen derart, ich meine, daß ...

Scham und Scheu und Angst, Ersticken im Sommernachmittag, der das Schreckliche schließlich ins Haus gedrängt hatte, der das Haus polsterte, fett, dunkel.

– Es muß doch scheußlich gewesen sein, sagte jemand, sagten alle.

Jetzt im Kontrast zu Fritzis bunter Maske sah Frau Fertigan besonders grämlich fahl aus. Mit dem hochgetürmten Kuchenteller, den Milla zwischen die Flicken und Scheren und Nadelkissen schob, schien nichts sich zu bessern – wer hat denn heut noch so viel Hunger – das Verkehrte blieb verkehrt; im Nähzimmer war es schwüler als drüben, auf der andern Seite der Diele, von woher Peters pedantisches Lachen und das Gesumm und Schlurren und Schleifen von Fritzis Tanz herüberdrangen; das Radio war viel zu laut.

– Na, hoffentlich schmeckts!

– O ja.

Milla starrte ins Gewirr der Näharbeit. Ein stummer beleidigter Tumult. Drei renovierte Hemden lagen überm Diwan. Nichts als Gnade, kein Grund, sich zu schämen. Wir könnten alles auch neu kaufen, die zerscheuerten Sachen wegwerfen. Gnade zu sechsfünfzig, und einen Strauß der gerade fälligen Blumen und ein Glas Eingemachtes oder eine abgelegte Strickjacke.

– Hundertemal habe ich gepredigt, den ganzen Näherinnenrummel abzublasen, sagte Bert. Und zwar aus reiner Großzügigkeit für Milla, aus Mitleid mit ihr, weil diese Tage sie immer so anstrengten. Warum, weiß ich nicht. Habs nie begreifen können. Ich persönlich bin der Auffassung, daß allein Sparsamkeit den Menschen weiterbringt. Ich wars auch, der Frau Fertigan engagierte. Ich kann Verschwenderei nicht ausstehn. Aber dann gab ich eben nach. Wenn dirs so viel ausmacht, lassen wir sie einfach nicht mehr kommen, sagte ich.

– Wenn Sie den Kuchen gegessen haben, gehn Sie aber weg, sagte Milla. Der böse Bert hat ja schon drei neue Hemden. Sie lachte, wartete.

– O, danke! Die schiefrige Haut spielte nicht mehr mit. In der Küche, als sie den zweiten Kaffee aufbrühte, dachte Milla: es geht zu Ende. Ich habe es überlistet. Sie richtete mit vergnügten hastigen Fingern ein kleines Wurstpaket für Frau Fertigan.

– Ich leg Ihnen ein Päckchen auf die Kommode nebens Geld, rief sie über die Diele. Keine Antwort. Sie blieb einen Augenblick stehen, wieder erschreckt, beklommen: diese störrische Bescheidenheit. Ich komm sofort wieder, rief sie Fritzi und Peter zu und ging zurück über die Diele, öffnete die Nähzimmertür einen Spalt, lächelte hinein.

– Unmöglich kann sie es gewußt haben, während wir noch da waren, beharrte Fritzi. Ich kanns einfach nicht glauben. Sie war so natürlich.

– Und doch war das eine ausgemachte Schockreaktion, sagte einer der Sachverständigen. Aus welchem Grund sollte sie sonst ...

– Sie muß den Schlag gehört haben. Wenn eine Frau von der Größe der Fertigan vom Stuhl fällt, muß man das hören, trotz Radio.

– Aber wie kann jemand so herzlos sein, so kalt ...

– Und ausgerechnet Milla!

Milla trat ganz ein, lehnte die Tür gegen den Rahmen. Sie starrte auf den Boden. Das war fast schamlos: Frau Fertigan im entstellenden Pathos des Todes auf ihrem Nähzimmerfußboden, wie ein Stoffetzen, den man aufkehrt; zu ihren Lebzeiten hatte sie stets so viel Wert auf Distanz gelegt. Der Kuchenteller stand auf der Nähmaschine, von einem Stück fehlte etwa ein Drittel. Ein schwerer Stoffgeruch hing im Zimmer: Klagegeruch. Sie drehte sich um. Vorsichtig schob sie sich aus der Tür, drückte sie sanft ins Schloß. Weiter Weg über die Diele bis ins Wohnzimmer.

– Na endlich, rief Fritzi; ihre Tanzschritte hatten etwas Gelangweiltes. Nun sag mal: für wen willst du dich entscheiden, für die Schneiderin oder für uns, he?

– Für euch, für euch natürlich, rief Milla.

– Wir müssen bald fahren, sagte Peter, schlürfte Kaffee, schnickte Asche; und Fritzi schleifte immer noch hin und her, auf, ab.

– Ach nein, rief Milla, kommt nicht in Frage. Ihr müßt doch Bert auch noch sehn.

– Leider leider wird sich das heut nicht mehr machen lassen, sagte Peter. Dein Kuchen war übrigens vorzüglich.

– Ja, findest dus auch, rief Milla, nur hab ich ihn leider nicht selbst gebacken. Sie lachte laut, gackernd.

– Doch, sie war richtig heiter, ausgesprochen heiter, lustig, sagte Fritzi zum Kommissar.

– Ach wer hat denn heut überhaupt noch so viel Hunger nach all dem Süßen, sagte Fritzi.

Milla ging hinter den beiden über die Diele.

– Sollen wir deiner komischen Frau Soundso auf Wiedersehn sagen? flüsterte Fritzi.

– Ach Unsinn. Milla riß ihnen die Haustür auf.

– Das bringt diese Leute nur in Verlegenheit, sagte Peter.

Milla lief auf das Auto zu.

– Wirklich ein netter Wagen, rief sie mit eiliger Stimme. Da fällt mir ein, könntet Ihr so lieb sein und mich ein Stück mitnehmen? Ich hab nichts, rein gar nichts fürs Abendessen, und das gäbe ein schönes Theater mit Bert.

– Keiner hätte ja schließlich so was ahnen können, sagten die beiden Salms; das wurde zu einer Art Redewendung bei ihnen. Wir ließen sie natürlich mitfahren, bis zur Ecke Pappelstraße.

Bert pflegte ihnen von Grund auf recht zu geben. Diese ganze Angelegenheit hatte ihm die beiden Salms wieder viel nähergebracht.

– Es ist nicht zu verstehn, so oder so, dozierte er. Gut: der Tod von Frau Fertigan war verblüffend, schrecklich plötzlich, aber schließlich eine physische Sache, das Herz war schwach, die ganze Frau war fertig, am Ende. Sie hatte immer was Ungesundes, dies nebenbei. Aber Milla. Munter wie ein Fisch im Wasser. Es ist nicht zu verstehn. Ich bin nach wie vor geneigt, es nicht in ursächlichen Zusammenhang mit dem Tod der Fertigan zu setzen.

– Jaja, rief Fritzi, das ist ja meine Theorie, Gott wie war sie vergnügt, später viel vergnügter eigentlich als vorher, so frisch bei diesem widerlichen schwülen Wetter.

– Allerdings war sie seit jeher ein exemplarischer Fall von Unlogik, sagte Bert.

– Doch doch, rief Fritzi durch die Autoscheibe, es war wahnsinnig nett, und tausend Grüße an deine schlechtere Hälfte. Sie schob die Rockrillen über dem eingeschlauchten giftblauen Bauch hoch.

– Kommt bald wieder, schrie Milla dem fahrenden Auto nach. Sie bog in die Paulusstraße ein. Rasche kurze Schritte. Es war nicht kühler geworden. Das Gewitter klumpte sich grau über den Dächern. Sie fing an zu laufen. Kleine harte heiße Kinderhindernisse im Weg; die fensteräugigen Vorstadthäuschen gafften ihr nach. Die nassen Kleckse, die sie vom Morgen an – diesiger Morgen mit Frau Fertigan in der Tür – in den Achselhöhlen gespürt hatte, breiteten sich aus; sie fühlte, wie der Schweiß kühl und klebrig aus ihrem Körper drängte. Schweiß Tränen Regen. Regen. Regen und Weglaufen, nichts als Gnade. Weglaufen: ein ganz uraltes Vorhaben.

Im Kronenweg, hinter dem letzten Haus, fing sie an zu rennen, dem Wald entgegen, zu rennen.

Hartes Laub

Die Rinden sind schartig und rauh, bröckeln ab. Das Laub hängt in dunklen Trauben aus schwerem Gummi, zähem, undehnbarem, von den Zweigen: glänzend. Das Laub ist hart. Ein dunkles Dach.

Er schleppt die nackten Füße hinter sich her; der Schlamm überzieht kalt Spann und Sohle, drängt sich glitschig in die Zwischenräume der Zehen. Weich und träg ist der Boden, nachgiebig. Er geht langsam, mit zögernden gehinderten Schritten. Über ihm glänzt das Dach, schimmern die dunklen Gummischuppen. Das Laub ist hart.

Der Mittag bleicht am Horizont; er sieht ihn, materielos, Reflexe durch die Laubspalten werfen, gepunktete Muster in den schwarzen Morast blinken. Kurzlebig sind die farblos-lichten Flecken glasiger Helligkeit, zuckend töten sie einander, erstehn flackernd wieder auf an anderer Stelle: zerfranst, ausgezackt unter den schwankenden Dachschichten. Müde ziehn seine Füße sich durch den blasig gedunsenen Schlamm; leise gluckst seine versinkende Spur hinter ihm her, löscht sich tonlos aus.

Hunger schwächt ihn. Den Durst stillt das feuchte Sprühen des schuppigen Dachs, sanft netzt es seine Lippen. Ein Spritzen aus Tropfen feiner Substanz über seinem Kopf kündigt den Regen an, der draußen niedergeht. Keine Reflexe mehr, kaum ein Spalt zwischen den übereinandergeschichteten Blattlagen. Der Tag schrumpft jenseits des dunklen Käfigs. Kein Licht mehr, auch kein Sprühen. Hartes Laub schaukelt über ihm und gibt nichts ab. Der Schlamm ist kälter in der Tiefe des schwarzen Gangs. Hunger, Hunger. Vor ihm bäumt sich die Welle aus dunklen, raschelnden Folien. Laub, hartes. Es ist Nacht, innen und außen; kein Funke fällt in die ungespaltete Gruft. Der Atem ist heftig und stumm, den das Laub zwischen die Stämme wirft. Immer noch zieht er, schleppend, aufgehalten, zurückgerufen, seine Schritte aus der schwarzen Zähigkeit, der leise fauchenden, stöhnenden. Lauernd umwogt ihn zu beiden Seiten schwere harte Greifbarkeit. Seine Hand sucht Halt; es klammern sich steife blutlose Finger in die schartigen Risse eines Stamms, halten ein Stück Rinde und haben den Stamm verloren. Der Stamm ist nur aufgebrochene Wunde, Rinde; sie splittert und bröckelt. Der Schlamm ist nicht Grund, ist nachgiebig und gierig, endlos; schluckt blasig, läßt sinken, tiefer tiefer; modelliert empfangend.

Er schleudert einen Schrei aus der Kehle und fühlt das Weiche, Zähe über die Waden steigen, fühlt zwischen den Fingern rauhes Rindenholz; es zerkrümelt im Handteller. Er wirft die Hände hoch; blind wollen sie fassen, und halten glattes kaltes Laub: klebriges, nicht dehnbares Gummi. Sie halten es, haken sich fest. Lassen sich retten. Keine Schritte mehr, keine Bewegung im Dunkel. Er hängt im schuppigen festen Dach. Hartes Laub.

Der Neger

Jede Nacht um zwölf Uhr fing der Neger zu tanzen an, mit dem letzten scheppernden Zeitschlag, wenn das Zifferblatt runde müde Mitternacht starrte. Er hatte eine karierte Jockeymütze auf dem langen glatten Kopf, tief schirmte der Schild, legte einen Halbmondschatten auf die schwarze Haut. Ich sehe noch den gewinkelten Arm, die gehobene Hand; nicht ohne Grazie stellte er ein Bein vors andere; seine Hosen waren so eng, aus hellsandigem Karostoff: ich hatte Lust, sie anzufassen. Hinter dem Schanktisch schniefte der Wirt Anton aus der immer verstopften Nase weichen Atem; die fettigen Soßen aus der Küche hatten seine Wangen geschwemmt, Zeit seinen glänzenden Haarschopf getrimmt. Aber er sah freundlich aus, und man kam gern zu ihm mit der Bitte um einen Whisky, legte ihm gern die Münzen vor die schweren rechtschaffenen Finger, die so wehmütig wie von Übelkeit gedunsene Leberwürste auf der Thekenplatte warteten. Man fühlte beinah die Verpflichtung, ihm mehr zu geben, als die Preistabelle neben dem Ausschank verlangte – krätzige Kreidezahlen auf schwarzer Tafel, von der die Farbe wie alter Ausschlag sich schälte – weil man ihm gegenüber, seinem schmerzlichen fettigen Blick ausgesetzt, gern weltmännisch und großzügig sich gab, ohne zu wissen warum, denn der englippige Mund war einsilbig, forderte nichts heraus.

Aus Antons Gesichtsriefen wich alle stille ölige Milde, wenn um zwölf Uhr, mitternachts, der Neger seinen Stuhl zurückschob und übergangslos in weiche flüssige Bewegungen glitt, die ihn zum freien Platz vor der Theke trugen, sonderbar fließende Bewegungen, unmenschliche; eben noch hatte er mit den andern am Tisch gesessen: eckig wie sie, stumpf überm Schnaps, naßäugig vom Gähnen. Anton machte sich nichts aus dem Neger. Ich weiß, daß er versucht hatte – das war Monate her, keiner redete mehr darüber – ihm den Eintritt zu verbieten. Warum? Warum konnte niemand so richtig mit dem Neger vertraut werden? Sobald es schien, als habe er diesen oder jenen Freund gefunden, kam irgend etwas dazwischen; schlecht zu erfahren, was; aber ich glaube, daß sein schweigender dunkler Tanz, den keine Musik begleitete, sie alle ängstigte. Und ich vermute, daß Anton es ihm nicht verzieh, daß er Schaudern auf so unschaurige Weise in seiner Wirtschaft zu verbreiten verstand – ja hätte er Messer werfen, oder besser noch deren Klingen schlucken können, wäre er ein geschickter Gaukler gewesen! Aber Tanzen. Und so graziöses Tanzen, das Mädchen verschmähte, das nicht zu den braunen Regenbogenhäuten paßte, die cremig die Milch der Augäpfel besickerten wie sandiger Schlamm.

Es war kein Negertanz. Ich konnte es Anton nachfühlen und allen andern. Es war zu sanft, schrecklich. Wenn die Sohlen der eitlen gelben Schuhe über den gedörrten, farblos gedreckten Boden schurrten, schleifend, reibend, schabend, hielt ich den Atem an: die Hosen hätte ich gern angefaßt, die Karos verblichen im Sandstoff wie Spuren, Schrift, Zeichen – bald würde das Licht sie tilgen.

Seit ein paar Wochen trank ich mit Bill – wie er wirklich hieß, wollte ich nie wissen. Ich trank ihm das Geld aus den beuligen Rocktaschen, es reichte nur noch für einheimischen Whisky, dessen unprophetischen Kunstharzgeschmack ich vergeblich zu genießen versuchte. Meine Kehle war stumpfgegurgelt, erwartungsvoll gebeizt, wenn um zwölf Uhr der Neger über die Dielen glitt, den Arm hob; seine Finger stellte er in die Höhe, und sie waren so dünn: schwarze spitze Stifte, ein Fächer aus schwarzem Fleisch, den er von sich weg hielt und vor sich her trug. Ja, er hatte etwas Geziertes beim Tanzen, das mehr ein Schreiten, Wiegen war. Man fühlte die Wachsamkeit seiner Glieder, spürte ihr gespanntes Aufmerken; gezähmt und dennoch wild kamen sie mir vor, so als seien sie noch nicht lang genug gebändigt, um die Zuschauer in einem Gefühl gesicherten Vergnügens sich wiegen zu lassen: wie ein Zirkustier – ich machte mir nicht die Mühe, mich auf ein bestimmtes festzulegen – ein neugefangenes, dessen Kunststücke noch den Reiz des Gefährlichen haben. Ja, so glaubte ich, könnte einer der Tänze des Negers – die übrigens nie länger als fünf Minuten dauerten – enden: mit einem furchtbaren Rückfall in Wildheit; ich konnte mir nicht vorstellen, was er mit uns anfangen würde, mit sich selber; aber es wäre entsetzlich. Wenn ich manchmal Antons müdgewarteten Blick auffing und mit ihm gemeinsam eine langsame gefühllose Rast irgendwo im Leeren, Dunstigen über den Tischen hielt, entzifferte ich in ihm die gleiche gestumpfte Furcht vor dem schrecklichen Einbruch des Negers; unsere lose aneinandergeknüpften Blicke schwammen die schwerfällige Schiffahrt zum karierten Mützenschirm, zum schwarzen Mund, der gummizähe Wülste von Lippen stülpte, trödelten den langen Körper entlang; die Sandhosen würden zerreißen, und das höhnische zärtliche Zeichen würde sichtbar: schwarze Figur, buchstabendeutlich in den Schnapsatem des Schankraums gestellt.

Ich erinnere mich daran, daß die gemeinsame Qual mehr und mehr, Abend für Abend, mich zu Anton zog. Ich fand ja keine Ruhe auf der Wanderung durch seine feisten schweren Hautrinnen, durch die gramvollen und doch von Schläue und vielleicht sogar auch von Güte zartgeritzten Wammen – ich fand nur meine eigene Angst. Doch das tat wohler als die Gleichgültigkeit der andern, die ihre Sorge in zärtlichen Nebeln von Trinkträumen verbargen – Bill, dessen stoffwarmer Ellenbogen meinen reglos stieß, stumm neben mir, glitt weg auf den wolkenbesegelten Booten seines Durstes – die andern, das fühlten Anton und ich, ließen uns allein und weckten, indem sie uns zu den Verantwortlichen, Vormündern machten, unsere Beschützerinstinkte, so daß, wenn unsere Augen nach besonders langer und deutlicher Verschwisterung sich trennten, auch etwas wie Stolz sie glitzrig schliff: wir waren die Wache, hätten die Aufgabe, dem Ansinnen des Negers vorzubeugen, oder, wenn das nicht gelänge, es zu schwächen.

Ich weiß, daß ich am Abend, als es geschah, geliehene Münzen auf den Schanktisch kleckste, eine hinter die andere: ich knipste sie hart gegen den Zinkbeschlag. Die Summe reichte für Flußwasserwhisky, dunkelblonde, schwervernehmliche Prophezeihung. Ich erinnere mich, daß die stumpfhockende Anzahl runder Nickelplacken mich Antons Fingern gegenüber stolz machte, ich erinnere mich an das träge Erkennen seines Gesichts, in dem die Wammen torkelten; erinnere mich des Verlangens danach, eine Geste der Verschwendung auszuführen, so mich zu gebärden, als könne ich mir Nacht für Nacht den Rare leisten; erinnere mich daran, daß Antons Fingerkuppen unzart und ohne Überschwang die schlanke Schlange meiner Münzen einstrichen, sehe auch noch die plattbäuchige Flasche aus Dunkelgrün sich vor dem Glas verneigen, in das sie blonden Saft würgte.

Ich schmecke jetzt den Whisky, wie er in dieser Nacht schmeckte. Ich wußte, daß es die besondere Nacht war, weil ich keinen Einheimischen trinken mußte, weil nicht Bill mir, sondern irgendein anderer – ich habe vergessen, wer – das Geld gegeben hatte; weil das Mattlicht, wie ein Mädchen vor Angst, zitterte und über unsern Köpfen sich besoff an Rülpsern aus friedfertigen Halshöhlen; wußte es, weil der Whisky mir die Haut über den Gesichtsknochen spannte, sie zog und zerrte; wußte wußte, weil Anton aussah wie immer, und der Neger sich mit Schnaps schwemmte wie immer, und weil Bills Ellenbogen gegen meinen schlief; wußte es, weil ich es wußte und weil ich den ganzen heißen fieberdicken Tag lang die Nacht in allen Ecken gesehn hatte.

Ich wußte es auch noch, als ich nach dem Rare den hellen scharfen unmysteriösen Einheimischen trinken mußte und Anton gegenüber so tat, als sei es Zufall oder Vergeßlichkeit, Unverstand. Ich kippte mir kühle Beize auf die Zunge und starrte in die schläfrige Specklandschaft von Antons Gesicht: versuchte ihr mitzuteilen, daß ich aus ihr flüchtete, daß ich die sanften Höhen und Täler verlorengab.

Ich sah hinüber zum Neger: sah sein Sandkleid unterm Licht rieseln, sah jedes einzelne Korn; und dann sah ich den besoffenen langen Kopf auf die Tischplatte hauen – den bösen Schlag höre ich noch – sah die karierte Schildmütze wegzappeln, ein Schuh trat sie.

Er stand nicht auf um zwölf Uhr, ließ nicht das Ächzen der Stuhlfüße hören, weil er so hingefleddert hocken blieb.

Von der Nacht an kam er ziemlich herunter, er gewann da ein paar dicke Freunde. Ich kam weiter regelmäßig, aber tanzen sah ich ihn nie mehr. Es ist nun laut in der Wirtschaft, Anton heimst Lärm ein und seine Wammen teilt jetzt oft breites zahnfletschiges Grinsen – seine Zähne sehn Gletschern ähnlich, von Jahrtausenden benagten – der Umgang mit ihm ist für alle leichter geworden.

Im Tunnel

– Du übernimmst wieder den Tunnel, sagte Betz zu ihm und schob ihn aus dem Kreis der Kinder.

Einer nach dem andern bekam seine Aufgabe zugeteilt, aber keine war so schwierig wie seine, so verantwortungsvoll. Er spürte einen einschnürenden Stolz im ganzen Rumpf. Der Tunnel. Er sollte den Nordsüdwall durchqueren, ein schwarzer kalter Schlauch durch den Sand auf die andere Seite. Der Sand war festverbacken, seit Jahren lag er so, nur die äußersten Schichten rieselten ein bißchen. Nach dem Innern zu bliebe alles hart, wie gemauert.

Langsam ging er vom Teich fort, sah den Schlammbuddlern mit sanft-neidischer Überlegenheit zu: was für leichte, angenehme Arbeiten. Er nahm seine Schaufel und machte sich an dem ausgetrockneten Loch zu schaffen. Wie vermutet, sackten ein paar Lagen ein, kleine fieselnde Sandwolken; das Schaufelblatt glänzte in der Sonne und sang leise, jetzt traf es schon auf feste Wände, die jahrelanges Lagern gepreßt hatte.

– He, rief Betz, ich schick dir Tim als Gehilfen, der Tunnel ist zu viel für einen.

Er gab Tim ein paar unwichtige Aufträge, Beschäftigungen am Rand, ließ ihn Wasser holen, um die Eingangsmauern naßzuspritzen. Er selbst bohrte sich in den Wall. Schon gehörte er halb in die finstre atmende Welt des Tunnels, das Licht der Hitze draußen im Steinbruchkessel blinzelte schwach in seinen Schacht, zuckte und starb in seinen Schaufelwürfen. Er warf Sand ins Licht, er schüttete Sand auf die Stimmen der andern Kinder, schüttete Sand auf das Licht. Er sah den hohen Hügel vorm Tunnelloch, sah Tims weißen Schopf dahinter auf und ab huschen im Eifer, ihn abzutragen – denn was hätten sie von einem Tunnel, den der ausgeschöpfte Sand verbarrikadierte? Er mußte lachen, schleuderte die Sandschübe hinaus: ja, das war sein Tunnel, er wollte ihn zubauen, er wäre der einzige, der auf die andere Seite käme. Er arbeitete mit verbissener atemloser Wut. Einen Tunnel für Betz! Für die andern! Seine Kehle war trocken, die Zunge mit einem Sandpelz belegt. Nein, dieser Tunnel war für ihn allein. Während er wild schaufelte, wunderte er sich: das war wie der Ausbruch einer Krankheit, die lang in ihm gelauert hatte, und jetzt wußte er endlich Bescheid; er brauchte einen Platz für sich allein. Einen Tunnel. Etwas das ihm allein gehörte. Jetzt wußte er es endlich. Er würde es sich nicht nehmen lassen.

Die Handmuscheln taten ihm weh, die Schwielen brannten und drückten. Sein Hemd pappte am Rücken, gleichzeitig spürte er die Kühle des stummen, Alter und Ruhe aushauchenden Sands im Schacht. So kühl, so friedlich, so stumm. Kein Licht mehr, keine Stimme, auch nicht mehr das Kratzen von Tims eifriger Schaufel. Jetzt könnte er sich eine kleine Pause gönnen. Vorsichtig lehnte er den Schaufelstiel an seine Tunnelwand, setzte sich. Der Sand schleckte kalt an seinen Beinen. Er saß still, in einer zufriedenen Beklommenheit.

Hatte er geschlafen? Die Augen mußten zu gewesen sein, denn jetzt waren sie offen, und jetzt war etwas in der Gruft, das es vorher nicht gegeben hatte, etwas Helles. Er stand gebückt auf, spähte zurück ins ausgeschaufelte Dunkel: von dort kam es nicht, Tim mußte noch weit im Hintertreffen sein. Jetzt sah er es: wie winzige zwinkernde Augen in der Sandnacht, die er durchschaufeln mußte, um auf die andere Seite zu kommen. Sofort begriff er: sie hatten gemerkt, was er plante, sie waren hinüber gelaufen und bohrten sich von da aus ein, um ihn herauszuholen. Um ihm seinen Tunnel wegzunehmen. Betz voll Zorn, wahrscheinlich hatte er sie alle von ihren Arbeiten abkommandiert, zusammengetrommelt, um so rasch und böse wie möglich das Ziel zu erreichen.

Er packte die Schaufel, hackte das Blatt ziellos in den Sand und warf schnelle dünne Wolken in die kleinen frechen Augen. Den Tunnel könnte er nicht verteidigen. Aber seinen Platz hier, allein, im Stummen, Kühlen, den würde er halten. Das wäre dann zwar nur noch eine Höhlung im Sand. Aber sein Sand, ringsum sein Sand, sein Schweigen.

Doch die Augen weiteten sich, klappten nicht mehr mit den Sandlidern. In seinen zerlöcherten Frieden schrillten leise die Rufe der Kinder, schurrten die Einstiche der Schaufelblätter. Fremde, alte, ferne Geräusche. Aus seiner verlassenen Welt. Er spürte es: dahin könnte er nicht mehr zurück. Er stach in die Deckwand des Tunnels und duckte den Kopf unter die pladdernden Lawinen, er krümmte sich in die allesschluckende Einsamkeit seines Sandes.

Jeden Abend kam sie; sie war ihnen wirklich lästig. Saß da stumm in ihrem Sessel neben der Heizung; ihr schrecklich bloßes, felsiges Gesicht kehrte sich vom Licht weg. Wenn es manchmal sie beschien, sahn sie die rote großporige Haut wund über die unebne Fläche ziehn zwischen Haar und Kragen, der dicht unterm Kinn den Hals abriegelte. Was konnte man mit ihr anfangen? Die einzige Möglichkeit war, sie einfach zu übersehn, tun, als sei sie nicht da. Sie verkrochen sich unter die schwerfällige Decke ihrer Gespräche; den Geruch von Kaffee und heißer Milch, buttrigen Kuchenböden sogen sie ein. Aber wenn sie, scheinbar zufällig, in Wirklichkeit von etwas gezwungen, das sie nicht nennen konnten, fast nicht spürten, hinüber sahn, hinter den gekräuselten Nebeln des Lampenlichts Lisses Gestalt im Sessel suchten, erschraken sie schnell und flüchtig, denn das Gesicht im Trüben leuchtete wie dunkelfarbiges Gestein, und die starren Augen streuten den Glanz wahrer Schätze, die sie auf ihrem Grund verbargen. Einmal müßte man sie ansprechen, vielleicht reden lassen. Aber vorerst veranlaßte nichts sie dazu. Sie brauchten ja nur im Licht zu bleiben. Sie steckten die Köpfe dicht in den Dampfdunst über den Tassen und schoben behaglich auf den Sitzen.

– Euer Kreideland ist richtig sanft, wenn man von den Bergen kommt.

Sie sahn alle erschrocken auf, tauchten aus den Lichtschleiern: unter Lisses felsgespannter Haut glomm warm und weich das Vertrauen. Es war die Stunde, in der sie reden mußte, und man würde sie kränken, holte man sie nicht in den breiten dicken Schein.

– Nein nein, sagte Lisse, ich bleib hier bei der Heizung, bei euerm eingesperrten Feuer.

Und sie kicherte; wirklich, das hätten sie nicht für möglich gehalten, daß aus dem flachen Spalt im kantigen Stein, Lisses Mund, etwas wie Kichern kommen könnte.

– Den Ginster ließen wir brennen und hielten die Schinken

drüber; wie der Rauch duftete – so süß roch kein Sommer. Beffe, ich werd euch noch sagen, wer er war, redete immer davon, daß der Duft von Knospen und Blüten und auch der, den die Beeren und die Wurzeln ausblasen, immer viel köstlicher sei als alles, was man erleben kann. So viel Schönes wie die Nase könne kein anderes Organ haben. Ach, wie ich ihm widersprach! Der Strom! Man weiß nie, was er in der nächsten Minute tun wird. Aber langweile ich euch?

Sie verneinten, den Verdacht schoben sie wortreich weg und sie logen nicht einmal, wenn auch der Inhalt von Lisses Sätzen sie allein niemals gepackt hätte – sie machten sich nicht viel aus Gefühlen.

– Ja, das braucht ihr aus purer Höflichkeit nicht von der Hand zu weisen, sagte Lisse geziert und fuhr nach raschem Schweigen mit der metallscharfen Stimme fort: Ich werd euch eine Einleitung geben. Von einer Geschichte hat man nur was, wenn man sie ordentlich von Anfang an hört. Aber diese beginnt nun mal mit dem Strom, er ist ihr Anfang und ihr Ende. Seine sanften bleichen Ufer können ihn nicht beruhigen, er rennt auf die Felsen zu. Er ist scheu, verbirgt sich hinter langen Baumreihen; die Stämme stehn dicht und verstecken ihn, weil sie ihn lieben und mit ihm allein sein wollen. Und wenn eine Lücke die hohe Wand auf lange Strecken wegreißt, fühlt man, wie der Strom sich eilt und wie er wütend und wild ist vor lauter Scham, und man gönnt ihm die schwarzen Schutzfronten der niederen Tabakscheunen. Ja, wir machen Tabak im Tal; das war auch Beffes Beruf, Tabakpflanzer und Röster, was alles dazugehört.

Wieder das Kichern; sie blickten hinüber zum Sessel.

– Beffe, sagte sie langsam mit einem fremden Akzent. Er war nie zufrieden. Ich deutete es ja schon an vorhin, als ich vom Duft erzählte und was er darüber dachte. Nichts genügte ihm. Er verlangte nach etwas Letztem, Endgültigem, aber auch dann, glaube ich, wenn man es ihm zu verschaffen gewußt hätte, würde er sich mit Alltäglichem nicht begnügt haben – und wer weiß denn, ob nicht die letzte Befriedigung ganz banal ist, gar nichts Besonderes, Neues. Nein, er wollte nicht den normalen Punkt am Ende eines Satzes, er wollte ein Ausrufezeichen.

Sie seufzte; das zarte fetzige Windgeräusch aus der dämmrigen Ecke wehte sie an, versetzte sie in Angst. Warum? Lisse erzählte ja gar nichts Aufregendes, eher war es langweilig, was sie sagte, und es enthielt für ihren Geschmack einfach zu viel Gefühl, oder etwas anderes – was aber?

– Ach der Geruch im September! Das ganze Tal atmet dann die bittere Süße der Tabakblätter, die überall platt und tot und mürb – sie zerfallen euch zwischen den Fingern – zum Trocknen ausgebreitet liegen. Aber Beffe konnte es nicht mehr leiden, bald haßte er die duftenden Versprechen. Warum fand er es besser, sie zu riechen, wonach rochen sie überhaupt, als sie zu fühlen: Erde an der Haut, Wasser zwischen den Lippen? Das war es, glaub ich, unter anderm: daß er nicht schwimmen konnte, darum verstand er nichts vom Wasser; der zweite Grund für seine Unzufriedenheit war wohl seine zu feine Nase, die ihn mit all den großartigen Hoffnungen begaukelte. Ja, das warf ich ihm immer wieder vor: könntest du schwimmen, dann wüßtest du, daß das Wasser mehr erfüllt als das bißchen von schlingerndem röchelndem Wellenatem dir verspricht. Viel mehr. Ich will nicht lästern, von euch, wenn ihr alles erfahren habt, für ironisch gehalten werden, aber ich glaube heute noch, daß ihn das Schwimmen befriedigt hätte, wäre ein guter Punkt gewesen. Aber gerade vom Wasser, so scheint es mir, erwartete er etwas Grandioses, das Ausrufezeichen!

Hört weiter. Abends tranken wir das Bier, schmeckten seinen sauren Weingeschmack. Beffe machte es selbst, nach dem Brauen von Weizen und Gerste – von beiden nahm er gleich viel – warf er Kirschen in die dunklen Seen zwischen den Bottichwänden. Dick troff es in die Becher, wenn er den Hahn aufdrehte; schäumte wenig. Und dazu die frische schwarze Wurst: sie quoll aus den Häuten, wenn die Klingenspitze sich einbohrte. Rosinen hatten wir drin – diese Würste stammten übrigens aus meinem Elternhaus, sie hatten weniger Speck als die, die man zu kaufen bekommt, hauptsächlich Fleisch.

Das war alles so gemütlich, war gut. Warum konnte es ihm nicht genügen? Wozu riß er dann die Fenster auf, wenn er doch wußte, daß der kühle Geruch des Abends, dem er die dunklen

Strähnen von Erdduft und rauchigem Buschgehölz aussaugte, ihm weh tat; warum wollte er sich foltern?

Sie lachte auf, ihre Stimme wurde für kurze Zeit menschlich und tief, brach warm vor wie Quellengurgeln:

– Ihr werdet das nicht verstehn, habt die Heizung an, und die Läden sperren die Nacht weg, sie erzählt euch nichts. Trinkt den Kaffee miteinander wie ich mit Beffe Bier trinken wollte, so friedlich. Nun, ich ließ mir sagen, daß junge Männer in dem Alter manchmal so kompliziert seien; dann regte es mich für eine Zeitlang nicht so auf. Und oft war es lustig, wirklich, denkt nicht, daß wir immer trübselig beieinander hockten! Na, unser Bier roch nach Ähren, und zag äugte dunkles süßes Kirschfleisch aus all dem Taumel von Duft, und wenn Beffe seine gehörige Anzahl von Bechern getrunken hatte, fand er sogar ab und zu Erfüllung im Versprechen, ich sah ihm förmlich an, wie ers am Schwanz packte und festhielt – aber das wars, er hielt alles zu fest, es zerbrach ja oder ging sonstwie kaputt; alles tat er so krampfhaft und sehnsüchtig. Wenn er den Schinken biß, fand er im Geschmack nicht das Geheimnis von Ginsterzweigduft, dessen Rauch doch in ihm saß. Und Bier, Rosinen: sie verheimlichten ihm etwas, das sie ihm vorgemacht hatten, eingeflüstert, es sei noch ein Geschmack übrig zum Schmecken, ich weiß nicht, irgendwas, und deshalb gab es keine Ausrufezeichen, und die wollte er, auch wenn so manche Nacht am offenen Herbstfenster den Punkt gesetzt hatte.

Im Schweigen, das Lisse ausbreitete, atmeten sie heiß und gezwungen. Was war das für ein furchtbares, einförmiges Wühlen! Es war so unangenehm. Lähmte sie. Sie hätten so gern gesprochen. An keinem der vergangenen Abende war der Milchkaffeedampf so gespenstig aufgestiegen.

– Eßt doch! rief Lisse, jetzt war ihr Ton klirrender zürnender Granit, den Brecheisenspitze stieß. Eßt, eßt! Wir taten es auch. Ganz wild machten Beffe die stummen Heulklagen, Schleichschritte von Wölfen und Füchsen, die die uralten Wälder bewahrten. Das hätte ihm, so redete er sichs vor, Spaß gemacht, wilde Tiere zu jagen, die toten Leiber, seine stinkenden Opfer über der Schulter zu schleppen – da wäre Geruch dem Erlebnis so nah gewesen, eins mit ihm; Nase und tastende Finger, Schultern, die das Gewicht spürten und der Kopf, der den Triumph dachte: ein einziger Rausch hätte seine Sinne vereinigt. Aber Wölfe und Füchse waren tot. Es tat ihm weh, daß die Wälder so wild, die Berge so schroff waren, während doch keine Gefahr sie bewohnte. Ja, das war die Zeit, in der es dann ganz schlimm mit ihm wurde, damals, als er die Jagdgeschichten las, die von den Schloßherren und Königen handelten, von deren Trophäen. Ich lenkte ihn langsam zum Strom.

Jetzt sahn sie ihn alle; sonderbarerweise hatten sie wie auf Befehl ihre Augen geschlossen und sahn ihn im gefleckten Nachtlicht hinter ihren Lidern: da floß er eisig, tief, zerrte seine grünen Schnellen – wie breit und unergründbar war er, wie gefährlich.

– Ich zeigte ihm, wie schön er war. Lehrte ihn, die Hand ins Wasser zu stecken und immer tiefer zu wollen, den ganzen Arm von der Strömung schwingen lassen. Oh, er hatte jetzt Verlangen nach dem Strom: keine Zeit tilgt die Grausamkeit des Wassers. Wir machten aus, daß wir den Winter abwarten wollten, im Frühjahr würde ich ihm zeigen, wie man schwimmt. Ich glaubte, daß die Hoffnung ihm genügen müßte.

Der Strom, den Lisses Stimme in ihnen geweckt hatte: mit Beffe müßten sie in seinen schmatzenden Abgrund springen.

– Das Schlimme ist, sagte Lisse, daß ich nun gar nicht weiß, nie nie, ob es war, was er sich versprach. Was der Strom versprach, ob ers gehalten hat. Na, sie lachte kurz und böse, jedenfalls wars für uns ein Ausrufezeichen. Ihn würde es geärgert haben zu wissen, daß die Strömung ihn bis ins sanfte Kreideland schleppte und ihn dort abwarf; er konnte diese Gegend nicht leiden. Es geht dahinunter ziemlich stark abwärts, unser Dorf sitzt ganz oben vor den Wäldern auf dem Grat des Rükkens, das Tal ist eine muldige Senke, aber der Strom fließt den direkten Weg. Nun, man fand ihn unten: sein Körper hatte sich in Schilf und Binsen verfangen an einer der Stellen, wo der Strom nackt in den kalkschaligen Kreidewammen liegt. Ausgerechnet da; und er sah nicht glücklich aus, das läßt mich befürchten, daß es womöglich keinen Sinn hatte.

Keinen Sinn – sie wußten nicht, ob sie es glauben sollten. Lisse schwieg. Ein bißchen beschämt schlugen sie die Lider auf, näherten einander zögernd und gierig die Köpfe, brachten sie in den kräusligen Schein.

– Gewiß, es war Beffes viel zu feine Nase, sagte Lisse, dafür war er ganz einfach zu jung. Es war nicht der Strom.

Das löste sie, machte sie wieder gesprächig. Es fiel ihnen nicht besonders auf, daß Lisse steinhart, stumm saß, ihre fremdartigen Bilder betrachtete; sie fanden, ihre Anwesenheit störe sie jetzt, nachdem die komische Geschichte erzählt war, weit weniger. Komisch ist gut, spöttelten sie überm Dampf, der feuchte Würmer um ihre Stirnen ringelte; eigentlich ist sie, die knochige sonderbare Lisse, so gut wie der Strom, wie Nase und Duft und verborgene Schätze daran schuld, daß Beffe sich umbrachte. Versuchung und Mord – sie krampften die Finger um die Tassenhenkel, schwitzten und schwatzten: Beffes Schicksal wollten sie nicht erleiden.

Muränenfang

– Was willst du machen da unten? fragte das Kind.

– Ihnen auflauern, sagte der Mann, sie werden sich vorwagen bei der nächsten Welle.

Er sprang mit den klatschenden Füßen vom nassen Fels auf einen tiefergelegenen, beugte den rotbraunen Oberkörper, die Sehnen des rechten Arms waren angespannt, lauernd.

– So einer hat mehr Zähne im Mund als du und deine Großmutter zusammen, sagte er. Sogar die Großen zerren sie in ihre Höhlen.

– Was machen sie mit den Großen? fragte das Kind und sah schaudernd in die schwarze feuchte Schlucht, die kalte, sonnenlose.

Der Mann antwortete nicht, mit dichter gesammelter Aufmerksamkeit starrte er in den düsteren Eingang unter ihm, leise vibrierend in den geschmeidigen Muskeln. Das Kind roch die fischige Gier, die aus der Höhle drang und die das synkopische Schwappen des Wassers zwischen den Felswänden grünlich färbte; roch das Salz und die Sonne, die seine Lungen mit einem Übermaß an Luft und Helligkeit füllten; roch die kalte, fettige Haut der Seelöwen, ihren glitschigen Trandunst.

– Da, da, siehst du sie? rief der Mann mit einer leisen harten Stimme, die schwankte vor mordlüsterner Erregung.

Das Kind beugte sich vor, kalt griff der nasse Stein um seine Brust: es sah sie, schwarz und glatt und biegsam unter dem durchsichtigen Wasser.

– Wie große Aale, sagte es im gedämpften Ton des Mannes. Es ist kalt.

Es fühlte sich nicht glücklich in dem rohen, blutrünstigen Dunstkreis der Muränen.

– Geh hinauf, sagte der Mann, wart oben, bis ich sie habe.

Das Kind warf, bevor es eine Klippe erkletterte, von der aus es den Mann nicht mehr sehn konnte, noch einen Blick auf den rotbraunen gespannten Rücken, der hart, aus der Entfernung unbewegt, pfeilkurvig gebeugt lauerte, auf die runde blaue Mütze. Oben war Sonne an einem blauen Himmel, gemildertes Lärmen, in dem die Brandung, das Kreischen der Möwen und das klanglose Gebell der Seelöwen nicht mehr polyphon und verwirrend, sondern wie ein farbiges, grelldumpfes Unisono an seine Ohren drangen. Der Stein war heiß, selten berührte ihn eine der brüllenden, schaumsprühenden Wellen.

– Hejj! rief das Kind in die Tiefe; wollte sehn, wie seine Stimme sich gegen das Toben wehrte.

Aber seinen Ruf packte eine hochpeitschende Welle, zerschlug ihn beim Wurf in die Schlucht.

Das Kind wählte einen Stein; saß reglos, in stumpfer Andacht auf seinem Posten, starrend. Beobachtete den steifen Ernst der unbewegten Pinguine, die stumm, pedantisch und prüde, gleich gehauenen Standbildern, zwischen dem sprudelnden Tosen aushielten. Sah den zierlichen Guanovögeln zu, sah sie in Schwärmen beieinander in den Nischen hocken, die gelben Halbmonde auf den Wangen; sah sie jäh und übergangslos aufflattern und sich, die roten scharfen Schnäbel dolchartig gesenkt, auf die schwappenden und schäumenden Kämme stürzen. Feindseliges Geschrei von Pelikanen; deren boshaftes, gefräßiges Gelächter schreckte es auf. Es hob den Kopf, blickte aus den zusammengepetzten Augen in den blendenden Himmel: akkurat zogen sie da ihre Kreise, dunkel und schwer vor der flimmernden Luft, bedrohlich sanken die unerbittlichen Spiralen, tiefer, tiefer, tödlicher; stießen dann, hungrige mörderische Blitze, unvermittelt herab und packten die Beute; hoben sie; verschlangen sie aufsteigend, spiralig, schwingend. Das Kind hörte das schwere staubige Schlagen der Flügel, das Flattern der Federn.

– Hejj! rief es hinunter in die Schlucht. Bist du fertig, hejj! Seine Stimme zitterte klein, menschlich, durch den heulenden Hohn; durchdrang ihn nicht; starb im Möwengelächter.

–Hejj! rief es wieder.

Ein Windstoß nahm ihm den Atem weg und drückte ihn, zurückkehrend, in den offenen Mund, so daß es sich verschluckte, Wind und Atem keuchend aus den bebenden Rippen hustete. Es stand auf; es hatte keine Tränen in den angstgeweiteten Augen.

Unten in der Gruft war es kalt, naß, salzig. Der rotbraune Rücken war nicht mehr da, nicht mehr seine biegsame Konzentration. Vor der schwarzen Höhle trieb die blaue Mütze feucht und filzig. Das Kind sah in der steinernen Nische das geflickte Netz mit den sterbenden Muränen liegen; sah die häßlichen Rachen mit den dornigen Zähnen; roch die salzige nasse Gier; roch das fettige Phlegma der Seelöwen draußen auf den Klippen, auf denen die Sonnenflecken schillernd tanzten. In der Gruft, unter dem grünlichten Geschwappe, sah es das aalglatte Geschlängel, das knochenlose, der Muränen. Sah und roch und hörte sein Ausgeschlossensein. Seine kalte Hand griff ins Geröll, packte zwischen zwei Fingern einen runden Stein und schleuderte ihn auf die träg bewegte Mütze; nahm mehr Steine und warf sie alle, wütend, zitternd, auf das Stück gedunsenen blauen Stoffs.

– Hejj! rief es.

In einem dürren Sommer

Heut ist die Schwüle so, daß ein Feuer sich von selbst entzünden kann. Im vergangenen Jahr hat der Windwurf alles vernichtet. Die Leute, die von der Kiefer leben, erinnern sich gut daran: es war die Zeit, in der gerade die Zäpfchen an den Triebspitzen erschienen waren, und der Sand so trocken wie in diesem Jahr. Aber in diesem Jahr gibt es keinen Wind. Feuer könnte es geben.

Er spürt den kühlen Stein an den Waden; er sitzt oben auf den grauen breiten Spülbecken, sieht zu, wie die Wäsche im Zuber steigt überm seitlich einströmenden Wasser.

Es hat in diesem Jahr keinen Sinn, mit dem Wind zu rechnen. Er steht auf und dreht den Hahn zu und zieht aus dem Auslaufrohr den Korkstöpsel – Kiefernkork: man kann hingehn wo man will, der Kiefer weicht man nicht aus. Schaumblasen bauschen sich in blauglitzernden Nestern um den Abflußrost. Er setzt sich wieder auf die Steinwand zwischen dem mittleren und dem letzten Becken.

Mit der Kiefer würde er nie zu tun haben, das hatte er als Kind schon beschlossen. Die zweite Möglichkeit und zugleich die letzte: das Wasser. Arbeit in der Waschanstalt. Im Kellerdämmer der Wäscherei, naß und warm aus den schimmelnden Mauern atmend, war die holzige Kiefernwelt kaum wirklich. Und außerdem fand hier unten Gallus Schek mittags und abends sich ein, um vorm Steinbecken sich zu waschen, immer wählte er das letzte, das unterm Fenster. Als er zum ersten Mal im Versteck hinter der Wringtrommel kauerte, hatte er nicht damit gerechnet, daß Gallus sich so gründlich wüsche. Er kam vom Kiefernkorkschälen oder vom Graben oder vom Zapfenpflücken, aber immer zog er den Rock aus und das Hemd und wusch sich, prustend, wie ein Schwimmer, seine Brust wirkte dann schwarz von den im Wasser glatt heruntergesträhnten Haaren.

Im letzten Jahr, als der Windwurf alles kaputtgemacht hatte, war Gallus mit den andern jungen Männern zum Schwimmen an den Kanal gegangen, und er hatte sich dazugeschlichen; die Mädchen lagen auf dem andern Ufer in der Sonne. Es hatte auch weniger Arbeit in der Wäscherei gegeben, an manchen Tagen fast nichts.

Nicht auf den Wind verlassen in diesem atemanhaltenden Sommer, der so stumm ist, als verberge er was, als sei der Wind zurückgehalten von irgendwas, das sich verbergen will. Einer der Sommer, in denen alle auf ein Unheil warten. Feuer. Niemand würde sich wundern. In solchen Sommern fängt es von selbst an zu brennen, ohne Flamme am Anfang.

Das Spülwasser ergießt sich über den Zuberrand. Er starrt auf die schwarzen Hähne an der pilzigen Wand: Wasser läßt sich abstellen, Feuer läßt sich legen.

In dem Sommer mit dem Windwurf kamen nach dem Schwimmen die jungen Männer ans Mädchenufer gekrochen, und er hinterher, kamen wie Seelöwenmänner zu den Mädchen ans Land gekrochen. Gallus Schek rutschte dicht an die Büsche, warf Steine auf den milchigen Kanalspiegel, flach, so daß sie hüpften, dreimal, viermal. Sein Haar auf der Brust kräuselte sich langsam im Warmwerden. Hinterm Buschversteck konnte man lauern und hinsehn, ohne Angst, ohne Eile, konnte Gallus betrachten. Der Windwurf hatte sie alle arbeitslos gemacht, Gallus und die andern, und es gab wenig Wäsche. Sie lagen an den kahlgeschrubbten Ufern, die rotgelben Stammschäfte der Kiefern schimmerten im Sand, überall flachgemäht vom Windwurf die Schäfte. Sie spalteten sich aus der rissigen Borke dicke saftige Schuppen und versuchten, sie auf den Kanal zu werfen, gegen den Wind: nur Gallus' Schuppen erreichten ihr Ziel, und die schwarzgelbmarmorierten Samen pflückten sie aus den Zapfen und streuten sie in die Luft, damit sie die braunen Flügel öffnen sollten: aber nur die von Gallus flogen ein Stück weit. Den Sommer mit dem Windwurf hatte die Kiefer völlig verloren.

Er steht auf, geht an die Wand mit den Wasserhähnen. Er dreht die Griffräder nach rechts. Aus. Trockener Sommer. Ohne Wasser wird es nichts schaden, daß es keinen Wind gibt, dann brennt das weiche harzige Holz, der gelbe Splint gibt eine rußende Flamme: er kennt die Flamme, im Dorf arbeiten sie mit ihr, Pech-Abel zum Beispiel und die Teer- und Terpentinfabrik. Ein tiefangelegtes Feuer wird endgültiger als der Windwurf die Pflanzungen vernichten. Der letzte Hahn läßt sich nicht ganz fest zudrehen. Die paar Tropfen werden dem Feuer nichts anhaben. Er läuft über den Steinflur und dann die Treppe hinauf ins Tageslicht zwischen den glänzenden Kiefernstämmen; er erkennt unter den Männern, die den Kork schälen, das blaue Hemd von Gallus Schek. Er krampft die rechte Hand um die Streichholzschachtel, die er unten auf dem Grund seiner Kitteltasche hat. Den Geestweg entlang. Von der dichtesten Pflanzung aus muß das Feuer um sich greifen: von da wird es rot über die Nadelschirme fliegen. Am Schnittpunkt mit dem Weg, der vom Kanal heraufführt, kauert er sich in den Sand neben die einzige Kiefer, die einen Namen hat: Gallus Schek-Kiefer – nach dem Großvater von Gallus Schek. Allen Windwürfen zum Trotz blieb sie stehen; ohne sie ist mit dem Feuer nichts Endgültiges zu erreichen. Sie muß zuerst fallen. Sie muß fallen, um viele kommende fettäugige Sommer der Arbeitslosigkeit zu sichern, Sommer wie Suppen. Er streicht sein heißes, vom Waschen gedunsenes Gesicht über die zerklüftete Schuppenhaut des Schafts, riecht das Harz. Rot und gelb werden die kleinen Zungen der Vernichtung über die Schirmkuppel schnellen und Platz schaffen für viele langsame ölige Sommer. Er preßt das Streichholz gegen die Schachtelwand und reibt die rote Kuppe ab, auf und ab, ab, ab; er fängt an zu schreien und dann singt er: jetzt sieht er das Feuer, er kann es erkennen, rot, fette lange gellende Finger, er sieht, wie sie um die Schäfte greifen, sich klammern, gegen die Kronen gekrallt; er singt, legt den Kopf an die warme Rinde.

– Der macht wieder mal Feuer bei der Gallus Schek-Kiefer, sagt Emera Wald zu Ketta Keber.

Ketta Keber schenkt neu ein aus dem Blechkanister mit Kiefernschnaps.

– Für manches ist die Kiefer gut, sagt sie, für guten Schnaps und für die Beschäftigung von Irrsinnigen.

– Ich begreifs nicht, wieso man ihn nicht in ne Anstalt tut, sagt Emera.

– Der ist harmlos, sagt Ketta. Laß ihn Feuerchen machen mit

seiner Schachtel voll Zahnstochern. Den einzigen Schaden hat Gerald Mespel, dem er sie vom Schanktisch klaut.

Wenn sie die Nase dicht über dem braunen Zeug in ihrem Glas schweifen läßt, riecht sie den Geruch der dichtesten Pflanzung, oben am Kanal, hinter der Gallus Schek-Kiefer; die Pflanzung riecht nach Feuer.

– Das ist die Vergangenheit, sagt sie, ihr Ton ist dick von künstlichem Pathos. Die Vergangenheit der Väter. Sie lacht. Kiefern, Kiefern. Die können dann schon mal einen um den Verstand bringen.

– Ich verstehs nicht, sagt Emera, sie schiebt ihr Glas in engen Kreisen über die Wachstuchdecke und starrt hin dazu. Man sollte ihn einsperren. Richtig mit Pflege. Man kann nicht wissen, obs sonst nicht plötzlich mal ernst wird. Ein Feuer ist immerhin ein Feuer, ich weiß nicht.

Sie stecken beide die Köpfe aus dem Fenster und schnuppern in die harzträge Luft. Heut ist die Schwüle so, daß ein Feuer sich von selbst entzünden kann.

Hinter dem Pfeiler

Das war richtig komisch, ich saß hinter einem der Pfeiler der Trinkhalle, und zwar sind die weiß und breit, eine geräumige Fläche zwischen zwei Fenstern, die tief bis zum Boden reichen, ich saß da also und sah die Landschaft: grüne wehende Halme, von links nach rechts gezerrt, mit fahlen Ährenbüscheln, und darunter die sanfte weiße Linie der Sandkämme hinter dem roten Ziegelsteinweg, der durch die Dünen ostwärts zog; und ich sah den riesigen blau und hoch gewölbten Himmel und fern das Meer, eine starre Fläche, trotz der hellen Gischthauben wirkte sie kulissenhaft, steif, wie aus Pappmaché; das sah ich also, und auf dem Weg draußen gingen Leute vorbei, Leute, die vom Strand kamen, müde und bunt zwischen Nachmittag und Abend, mit Kindern und lauten, röhrenden Wagen, scheppernden Eimern und Spaten, sandig und erschöpft und rotgeschwitzt und gegerbt, da zogen sie vorüber, eine farbige gellende Herde, die der Wind nicht schonte, schmal auf dem schmalen Weg. Und ich sah sie vor dem Pfeiler, also östlich, und dann waren sie für eine Weile verschwunden und dann kamen sie wieder, westlich vom Pfeiler im westlichen Fenster; und zogen da weiter nach Westen ins Dorf.

Und das war richtig komisch: ihn sah ich ankommen, er näherte sich wie alle andern dem Pfeiler, ging durch das Bild des Ostfensters nach Westen; und das dauerte so lang wie die Spanne Zeit sich dehnte, in der ich das gelbliche Glas mit der weiß eingeschliffenen Skala hob und an die Lippen setzte und das Salzwasser trank und das Glas wieder auf den Tisch stellte, länger dauerte es nicht, daß ich ihn sah, ich sah auch nur sein linkes Profil, weil er ja vom Osten nach Westen ging – im Norden das Meer – sah den Scheitel in seinem braunen Haar und sein Ohr und den Hals, den Nacken, sein bräunliches, sacht sich biegendes Bein, alles nur von links, und nach Westen strebend.

Und das war das Komische: er verschwand, wie sie das alle taten, hinterm Pfeiler, und ich tröstete mich mit der Gewißheit, daß er ja wieder erschiene, denn das stand ja fest. Ich nahm mein Glas und nahm langsam einen Schluck, den zweiten behielt ich einen Augenblick hinter den Lippen und spürte meinen lauen salzigen besänftigten Meermund. Hinter mir plätscherte wie eh und je das dümmliche Gespräch zwischen der Ausschenkerin und dem Kind, immer bändelte sie mit Kindern an, fragte sie aus, sie konnte es nicht lassen – und so gut wie das hier seinen gewohnten Gang ging, liefe er nun gleich ins Bild des westlichen Fensters. Ich trank also und wartete auf ihn.

Und das war nun richtig komisch: er tauchte nicht wieder auf. So lang ich auch ausharrte – ich holte mir noch ein Glas und unterbrach die maunzende Unterhaltung zwischen der Frau und dem Kind, und ich trank es, weiß der Himmel, langsam genug aus – so lang ich da an meinem Tisch saß: er tauchte nicht wieder auf.

Er war also gekommen, wie jemand, den man sehr heftig erwartet, schnell und scharf auf dem Weg nach Westen. Und da geht er dann, ziemlich nah hinter einer riesigen Glasscheibe, und die Trennung schmerzt dich nicht, denn sie erscheint vorläufig, er geht in einem Zug von Strandläufern, ohne Unruhe, als könne man ihn erreichen oder aufhalten oder als ließe er sich zu irgend etwas veranlassen.

Ich stand auf; das Geschwätz der Trinkfrau klappte ich mit der Tür hinter mir weg und all die müßigen schlechtgelaunten Leute; und lief hinaus, und ich suchte die Dünen ab und den Ziegelpfad, der Wind war grell und hart und störrisch, heiser wispernd strichen die Halme nach Osten, der Tag blich ohne Anmut aus. Ich rannte den Pfad entlang, weit hinaus, was für ein Unsinn, da konnte er ja gar nicht sein, weder im Osten noch im Westen, nirgendwo anders als hinter dem Pfeiler, und da war er ja nicht. Und doch lief ich weiter und kehrte um und lief zurück und immer weiter – denn müßte ich ihn nicht einmal finden?

Käme doch Schnee

Der Nebel stockte hinter den Ästen, schneeflockenweiß, die schwarzen Akazienarme hielten ihn mit einer Gebärde starrer Verzweiflung zurück.

Sie bewegte die klammen Zehen, den Strumpf spürte sie, als wäre er naß, auch die Lederhöhle des Schuhs naß – es war zu kalt, um noch auf Bänken zu sitzen. Breit streckte sich der morschende Mantel abgemähter Felder über die flachen Buckel von Loms – käme doch Schnee, Schnee wie Schlaf, dicker Schlafschnee.

– So lang werd ich heut nicht bleiben können, sagte sie.

– Warum, fragte er, zu kalt oder was?

– Nicht deshalb.

– Aber wie wird das überhaupt im Winter? fragte er.

Sie spürte ihr gemeinsames Warten: hart, zäh.

– Irgendwann mußt du mich doch mal in die Wohnung lassen, sagte er.

Plötzlich war der Nebel von fetten schwarzen Flecken gelöchert: stumm fiel die Schar der Rabenkrähen aus dem niedrigen Qualm aufs Feld; sie hörte nur das Flappen der Flügel und meinte, einen sachten Wind zu fühlen, den Windatem der langen Herbstreise. Die großen Vögel hockten in den Stoppeln, steife schwarze Buchstaben irgendwelcher Wörter, fette finstre Zeichen irgendeines Sinns.

– Na also, drängte er, wie soll das im Winter werden, im Freien wirds bald nicht mehr gemütlich sein.

Er ließ sein Auto immer an der Weggabelung stehn und ging ihr bis zum Wäldchen entgegen, wo der Pfad vom Dorf herauf die Landstraße schnitt, aber von da liefen sie noch viele Meter weiter bis zu der vergessenen Bank an der Strecke nach Loms, hier kam nie einer hin, den man bei ihr oder bei ihm zu Haus kannte.

Sie starrte auf die schwarze Vogelschrift im Feld: was um Himmels willen bedeutete das, sicher sollte jetzt eine Entscheidung kommen, und ehe der Schwarm weggestoben und alles weggescheucht und weggewischt wäre, müßte sie wissen, was das bedeuten sollte.

– Na ja, sagte sie träg vor Angst: sie durfte es nicht verpassen, sie mußte auf der Hut sein, endlich endlich ein Zeichen; na ja, natürlich gehts so nicht weiter.

Er müßte sie heiraten. Etwa nicht? Oder den Winter wegbleiben und für immer wegbleiben.

– So gehts nicht weiter, sagte sie.

Vielleicht müßte sie ihn ansehn und es ihm sagen, während sie sich zugekehrt waren: Es ist wegen Michel. Die Leute hacken auf mir rum: eine Witwe ohne Treu und Herz, das arme arme Kind, Rabenmutter – Rabenkrähen im Feld, irgendeine Schrift.

– Michel gehts heut nicht so gut, sagte sie.

Sie wollte nicht weg von der Bank, nicht weg von dem steinigen Narbenpfad nach Loms, nicht weg aus dem Nebel hinter den gichtigen, flehend hochgereckten Astarmen der Akazie, wollte keine Wärme unter die Haut, dort bei Michel in dem engen Zimmerviereck, kein Mami Mami und Radiogezeter von unten und Licht aus gute Nacht liebes gutes Michelchen.

Sie sah ihn an, sein eifriges mürrisches Gesicht war noch rot vom schnellen Laufen durch den Nebel – wen sollte sie denn fragen, um zu wissen, ob sie das wollte: diese Haut, Wärme und Trotz und Freundschaft, heiraten, Michel sag Vater, sieh das ist Vater.

– Man gewöhnt sich so dran, sagte er langsam in ihr Gesicht hinein, man weiß, es geht nicht so weiter, aber man gewöhnt sich dran. Um fünf Uhr auf der Bank von Loms, um fünf Uhr jeden Tag, das ist wie der Kern in der Kirsche.

Sie sah von ihm weg wieder ins Feld: dort ging von den Ausläufern der schwarzen Horde Unruhe aus, ein paar Vögel schlugen plump in die Höhe, fielen zwischen die andern zurück, blieben ungeduldig, aufstörend.

Sie holte Atem. Irgendwas wollte sie bestimmt. Vieles wollte sie nicht, das meiste wollte sie nicht, aber es mußte etwas geben, das sie wollte, einen winzigen verborgenen Wunsch. Sie strengte die Augen an, dehnte die Rippen; die Zehen krümmten sich in den Schuhen. Dieses alles wollte sie nicht verlieren. Was denn? Kalte Füße? Die Bank von Loms? Dann also nicht heiraten?

– Wegen Michel, sagte sie lahm; was redete sie da, wollte sie etwa reden?

Sie hörte und sah und spürte, daß sein Arm sich zurückzog hinter ihren Schultern, und hörte und sah und spürte, daß er wiederkam und näherkam, dicht dicht – was sagte die flüchtig ins Feld getuschte Schrift; ehe der Abend oder der Nebel oder sonst ein Gegner sie auslöschte, müßte sie den Sinn herausgelesen haben.

– Also werden wir heiraten, sagte er mit einer dicken Stimme. Wir werden heiraten.

Sieh sieh, das ist Vater.

Ein Gelächter zankte durch den Schwarm und hob ihn hoch; plump und fett und hohl jammernd flappten sie niedrig quer übers Feld. Der Nebel klumpte sich, und in die Flockenbündel bohrte der schwarze Keil der Vögel seine Spitze, in die weiche Wolle der Dämmerung – wie Schnee, wie Schlaf, hinter den Astarmen und Zweigfingern; später als die Vogelkörper schluckte der Qualm die keifenden Rufe.

Der Spaziergang

– Du glaubst wirklich, daß es nicht wieder nur eine Maus war?

– Es war länger, wie eine Schnur, die durchs Laub gezogen wird.

– Und Mäuse sind dümmer, ja? Eine Maus wär rausgehuscht, glaubst du nicht?

– Doch, wahrscheinlich. Mäuse sind dümmer.

Lutz betrachtete den Vater. Warum sah er so hilflos aus mit dem Aststock in den weißen Händen, fast komisch?

– Sicher wars eine Schlange, sagte Lutz.

Der Vater schleuderte den Stock ins Unterholz. Wie kläglich, wie traurig, sein Sohn. So klein, farblos. Er sagte laut: Ganz bestimmt eine Schlange. Es kann sehr gut eine Viper gewesen sein.

– Sind die gefährlich?

Sind sie gefährlich?

– Na ja, schon ziemlich. Jetzt aber weiter, los.

Der Wald war noch kahl. Das Laub hatte längst nicht mehr die brennende Rostfarbe des Herbstes: frostgedörrt, schmutzgeblichen schichtete es sich zwischen den Stämmen.

– Jetzt haben wir schon Folgendes gesehen, sagte Lutz mit einer dozierenden Stimme, zuerst die zwei Eichhörnchen, dann die Maus, dann den Specht, und dann, was kam dann?

– Na überleg mal, was war Merkwürdiges hinter dem Ottilientempelchen? Gereizt spürte er die kleine feuchte Hand, gepappt an sein Fleisch. Andere Kinder in dem Alter ließen sich nicht mehr führen, waren selbständig, wie oft hatte er es Lizzi vorgehalten. Lizzi – schnell drängte er das Wort weg, verbot sich den Blick auf die Uhr. Aber was für ein Wahnsinn: spazierengehn und mit dem Kind dummes Zeug plappern, statt bei Lizzi zu sein; den Kopf in den Sand stecken und abwarten, was ohne sie beide hier im Wald, ohne die wichtigsten Personen der Zufall entscheiden würde. Das Schicksal? Er hielt Lutz' Hand fest, fest.

Lutz schwieg, wölbte die Unterlippe vor. Armer Vater. Wie fest er die Hand hielt, viel zu warm, viel zu fest.

– Na, dir fällt wohl gar nichts mehr ein, wie? sagte der Vater.

– Ah, rief Lutz, jetzt weiß ichs: die umgekrachte Kiefer, die das Kabel mitgerissen hat.

Sie schaufelten sich durchs Laub, bis sie wieder auf den Weg kamen. Durch die Lichtung im Süden senkte sich ein breiter Lichtschweif zwischen den Wipfeln und Stämmen auf den Boden, aber er brachte die gestorbenen Blätter nicht mehr zum Leuchten.

– Wie ein Scheinwerfer, sagte Lutz.

– Genau so, sagte der Vater. Wirklich großartig: wie ein Scheinwerfer.

Er hielt es nicht mehr aus: vorsichtig schob er das Handgelenk aus der Manschette, sah auf die Uhr. Schon fast zwei Stunden. Jetzt könnten sie hinter dem Hasenberg direkt nach Haus gehn, ohne Umweg. Dann wäre die Frist um. Das zwängende, klammernde Gefühl im Hals war jetzt stärker als die vorigen Male. Wie würde das Gesicht der Krankenschwester aussehn: daran könnte er es gleich merken, gleich wenn er sie auf dem Vorplatz anhalten würde. Er fühlte sich lahm, passiv. Es konnte doch nichts so Melodramatisches in seinem Leben geschehn.

Er sah auf Lutz hinunter: warum hielt das Kind immer den Kopf gesenkt; es ärgerte ihn: war es etwa ein Ausdruck von Unlust, Feigheit?

– Starr doch nicht immer auf den Boden, Lutz! Für seine Stimme hätte er sich gern geschlagen. Verrat. Etwas anderes sagen, etwas Freundliches.

Lutz hob brav das Kinn. Daß der Vater nicht wußte, wie schön das war: den Boden wegrutschen lassen unter den Schuhen, links Binsenpolster und Ginsterbüschel ruppig über die Knöchel, und von rechts das Streicheln der schlaffen Farnarme. Und das Laub tuschelte mit seinen Schuhen. Armer Vater. Plötzlich preßte es ihn, tat weh: auch er selber war arm, schlimm dran, genau wie der Vater; ihre Hände waren ineinandergeschmiedet im schwitzenden lästig-liebevollen Druck der Abhängigkeit.

Am Waldrand spürten sie die geschäftig summende Luft, die der warme Wind von der Stadt heraufwehte. Ein paar Spaziergänger trödelten über den Weg. Der Wachtposten schlenderte immer noch am Stacheldrahtzaun des Kasernengeländes entlang, starrte in das winzige plärrende Kästchen, das er in der Handhöhle vor sich her trug. Der Vater räusperte sich, sagte mit Anstrengung: Da, er läuft immer noch mit dem Radio rum.

Lutz gab sich Mühe, lachte: Immer noch!

Sie hielten sich fest, fest. Da unten lag das weiße kleine Haus. Der Vater blieb stehn. Unmöglich, daß es so melodramatisch werden könnte.

Ein Hund sprang bellend aus dem Gebüsch, Kinder rannten den Hang hinunter, ihr Johlen klang spöttisch und leer. Lutz starrte den weißen scharfen Fleck im Gewölbe der Weymuthskiefern an, das Haus, fremd durch den bitzligen Medizingeruch, der sich aus dem Zimmer der Mutter stahl; alles fremd und heimlichtuerisch, eine Verschwörung gegen ihn. Er hätte gern weit genug spucken können, um das Haus zu treffen.

Er hob den Kopf.

– Im Wald wars schöner, sagte er, nicht so heiß.

– Ja.

– Ich wüßte gern, obs wirklich eine Schlange war. Was meinst du?

– Schon möglich.

– Schlangen bleiben unterm Laub. Richtige, gefährliche Schlangen. Sie hat uns nichts tun wollen.

– Nein, sagte der Vater, sie hat uns nichts getan.

Die Mutter hob die Tischplatte vom Bett weg, lehnte sie gegen die Schranktür. Das Kind schichtete den Kartenhaufen; teilte Rot und Blau, links und rechts, in zwei Daunendeckenmulden. Sorgfältig schubste es die Päckchen in ihre papiernen Etuis. *(So ein ordentliches, pflichtbewußtes Kind:* Erwachsenen und der Mutter gegenüber erfüllte es die im Bewußtsein lotende Charakteristik mit Stolz, machte aber sein Verhalten zu Kindern scheu, mißtrauisch.)

– So mein Kleines, sagte die Mutter, nun schlaf schön und sei morgen wieder mein gesundes kleines Öfchen.

Im Traum fuhr es fort, Patiencen zu legen. Es saß im Bett vor der Tischplatte und setzte eine zugedeckte Karte neben die andere, blau blau rot blau, und übereinander, untereinander, bis die lustige bunte Figur der »Pauke« das hellpolierte Holz musterte. Es hatte Glück: die Reihen ordneten sich rasch auf die Asse, und die schwarzen Könige bekamen ihre roten, die roten Könige ihre schwarzen Damen. Als es das Spiel schon beendet glaubte, entdeckte es noch einen roten Kartenrücken halb unter dem grimmig-edlen Pik-König. Es legte ihn mit seiner Karo-Dame *(Mammi findest du sie nicht auch am schönsten:* es teilte sie immer, wenn es möglich war, den beiden Pik-Herren zu; den Pik-Buben hatte es Schubert genannt), legte die beiden Unzertrennlichen auf einen freien Platz und griff nach der Karte, die als letzte und einzige noch auf dem Bauch lag, griff und konnte sie nicht vom Tisch lösen, sie schien festzukleben, ließ sich auch nicht über die glatte Politur ziehen. Das Kind klemmte die Fingernägel zwischen Holz und Blatt und stemmte es endlich hoch, klappte es um: es erschrak, die Karte trug kein Bild, war schwarz, schwarzes Nichts von einem Rand zum andern, schwarz bis an die Kanten von abgestoßenem blassem Weiß, das ins rote Streifenmuster des Rückens überging. Es hatte Angst vor der Karte; warum war sie so schwarz, bildlos, wie kam sie überhaupt zu den andern; wollte sie zerreißen, aber da gelang es ihm wieder nicht, das dünne Blatt seinem Willen zu unterwerfen: es hielt seinem Zerren, Rupfen, Wringen stand – und da schrie das Kind, plötzlich war alles so schwarz wie das kleine Rechteck, das sich nicht bändigen ließ, alles schwarzes Nichts; es fiel, fiel nirgendwohin.

Die Mutter schnickte mit dem Thermometer; lächelte bekümmert.

– Jetzt muß sich aber mein kleines Öfchen mal Mühe geben, gesund zu werden, sagte sie.

Das Kind weinte leise. (*So ein zartes liebes Kind:* das löste seine Schwäche in sanfte Nebel auf, war das Wiegenlied für die kollernden Tränen.) Die Mutter legte die Tischplatte aufs Federbett.

– Sei vergnügt, Liebes, sagte sie und ging weg.

(»Vergnügt« und »Liebes«: das machte traurig, trieb schläfernde Wehmut in die Glieder.) Das Kind holte das blaue und das rote Kartenpäckchen aus den Etuis, vermischte sie auf der Tischplatte und danach in den Händen, indem es kleine Schübe voreinander warf aus der einen offenen Faust in die andere. Es hob ab, mischte wieder, legte die verdeckten Bilder auf: lange Reihen, die sich über die ganze Tischfläche zogen. Die »Pauke«. Alles war bereit, das Spiel konnte beginnen. Das Kind starrte auf den blauroten Ausschlag, zitterte: einer der roten Rücken hat eine ganz schwarze Kehrseite, nichts steht darauf, schwarzes Nichts, kein Zeichen. Es war neugierig trotz der Angst; deckte schnell, ohne die Regeln der Patience zu beachten, drei Karten auf, rotrückige: Karo-Sieben und Karo-Drei, Herz-Dame. Es wurde ruhiger; griff an der Stelle, die ihm die Erinnerung an den Traum nannte, die gefährliche, schreckliche, nach dem rotgestreiften Blatt, und es ließ sich nicht anheben, widerstand; zeigte schließlich, als eine Kante dem nagenden Finger um ein paar Millimeter nachgab, schwarze Farbe. Das Kind klappte das Blatt zurück, schob, während sein Herz laut und rauh klopfte, die Reihen ineinander, schichtete mit der letzten Kraft einen ordentlichen Stoß *(So ein pflichtbewußtes Kind)* aus beiden Spielen; es wälzte die Tischplatte ab, schlüpfte ganz, mit gekauerten dichten Gliedmaßen, unter die Decken. Die schwarze

Karte: es konnte auch das Pik-Zeichen gewesen sein, vielleicht Schubert – man hatte ja nur wenige Millimeter Schwärze im Klaffen zwischen Blatt und Tisch sehn können. Das beruhigte es nicht: warum hatte die Karte sich nicht ablösen lassen! Es gab Tage, an denen die beängstigenden Wirrheiten der Träume wahr wurden: das Kind kroch tiefer in die klebrige Wärme, die sein schwitzender kleiner Körper schuf.

– Öfchen, rief die Mutter, kleines Fieberöfchen, was machst du denn da?

Es antwortete nicht, blieb in seinem dunklen Daunenhaus; weinte und roch und schwitzte die sachte Traurigkeit seines Fiebers.

Der Antrag

– Ohne Zweifel bin ich in einem halben Jahr aus dem Gröbsten heraus, sagte er, und aus selbstbewußt gekräuselten Lippen, doppeldeutig, setzte er hinzu: Sie wissen ja, was »das Gröbste« bei mir heißt.

– Nein.

Sie unterdrückte ein Gähnen, blinzelte in die schwitzende Luft: schwere, feuchte, flimmernde Decke auf ihren Körpern, die im Sand lagen.

Etwas beleidigt sagte er:

– Andere Leute würden meine Situation nämlich nicht so bezeichnen. Es geht mir nicht schlecht, wie Sie wissen, bald aber wirds mir noch besser gehen. Andere Leute würden sagen: hervorragend.

Grob und hervorragend. Kann er lachen außer über eigene Anspielungen? Wird immer zufrieden sein in und mit sich selbst. Sie wälzte sich auf die Seite, machte die Augen ganz auf, betrachtete ihn mit genießerischem Unbehagen: weich, gelblich-weiß, Kinderhaut.

Er saß im Sand, in kurzer Hose und weißem Hemd, feingliedrig und klein. Sein Kopf, schlecht behaart und empfindlich, zartviolett unter dem kärglichen Bewuchs, war zu groß für den schmächtigen Leib, der Mund formte feuchte bedächtige Worte, die Augen, listig und verwundbar, sahen nach innen, durchstreiften die Gänge, Treppen und Säle seiner zweistöckigen Privatschule. In der rechten Hand drehte er einen Kugelschreiber.

Sie sah weg, aufs Meer, fand es beleidigend in seiner prätentiösen Färbung, so tiefes Blau, so weiße Schaumkronen. Ein Mann umarmte ein Mädchen, küßte es nachdenklich.

Neben ihr, dicht an ihrem Auge, drehte sich der blaue Kugelschreiber, meerfarben, ohne Hast, in bleichgelben glatten Fingern. Ihr Scheidungsgrund? Sein spitzzulaufender Zeigefinger.

– Alles in allem steht es so, daß ich allmählich an eine gewisse Veränderung meiner Lebensumstände denken könnte, sagte er behutsam, selbstgefällig.

– Sie sind Säufer?

Seine verständnislose Abwehr drang an ihr Ohr.

– Sie wissen doch, was ich meine, liebes Fräulein Mack, zelebrierte er. Ich denke an etwas ganz Bestimmtes. Seine Stimme schwebte zwischen zwei Gedankenstrichen. Ich denke an eine grundlegende Umstellung. Natürlich bin ich gehalten, schon wegen der staatlichen Anerkennung, auch in diesem Fall auf das Solide zu sehen ...

Immer noch kein Punkt. Der Mann am Wasser zog sein kreischendes Mädchen hinter sich her in die Wellen, beklatschte lustig das buntgemusterte Hinterteil, tauchte das Mädchen ins Wasser und ließ nicht ab, es zu umarmen, lächelnd kühles Salz von den warmen Lippen zu küssen. Kleine Zauberin paß auf, ich werd dich noch mal heiraten. Eine grundlegende Umstellung, auch für ihn.

– So? sagte sie beklommen.

Solide, solide, er ist gehalten, will mich halten. Nein. Nein.

– Eine Frau könnte mit mir sorglos leben, gesichert. Der Kugelschreiber notierte imaginäre Zahlen in die leise flimmernde Luft.

400 für den Haushalt, 50 Taschengeld, wenn sie zäh ist, geh

ich auf 70 bis 75: so denkt er jetzt. Ohne Sorgen, ohne Freuden. Ehen ohne Liebe sollen am haltbarsten sein. Vernunft kittet den Bund der Vernünftigen. Sein spitzzulaufender Zeigefinger.

– Das ist schön, sagte sie steif.

– Es ist außerordentlich viel wert heutzutage, verbesserte er mit leisem Unwillen, ernsthaft.

– Ja ja.

Tut mir unendlich leid, bedaure sehr, aufrichtig, nein wirklich, Sie müssen mir glauben: ein anderer. Träger, weich-weißer Othello mordet mit dem schweißklebrigen Kugelschreiber, bohrt eine imposante Zahl in den begehrten Busen. Tüchtiges Fräulein Mack, gute Lehrerin und trotzdem repräsentativ, genau das Richtige. Nein wirklich, tut mir von Herzen leid. Gute Freunde bleiben.

Der Mann und das Mädchen kamen aus dem Wasser, spritzten, lachten ohne Bedenken, sorglos, ungesichert.

Liebe. Er wird sie verlassen nach den Tagen der Sonne. Ein emphatischer Kuß zur Erinnerung.

– Sie müssen verzeihen, wenn ich ein wenig unbeholfen bin bei derartigen Erklärungen. Aber ich könnte mir denken, daß eine Frau, eine vernünftige Frau, mehr Wert auf Geradlinigkeit und Rechtschaffenheit legt als auf Verführungskünste.

Der Mann und das Mädchen legten sich platt in den Sand, er halb über sie, sein Kopf auf ihrem Kopf, ernst war er, streng sein Mund, heftig; sie gluckste leise lockendes Lachen in kurzen Stößen aus dem Zwerchfell.

Alter Casanova, du! Hasts doch gern, was? Ja ja ja, ich glaub, ich habs gern.

Sie stand auf.

– Es wird zu heiß, sagte sie aus trockenem Gaumen.

Er folgte, einverstanden tappten die gewissenhaften Beine – Zwiespalt, Paradoxon im Sand, sorglos besorgt – hinter ihr her über die Holztreppe auf die Strandpromenade. Der glühende Stein brannte ihre Fußsohlen, sie hob sie schnell, setzte sie vorsichtig wieder auf. Im Schatten eines Sonnenschirms auf der Terrasse des Strandcafés nahmen sie Platz. Viele germanische Beine, nackte Oberschenkel, die auf den Rillen der Gartenstühle breit ruhten, schwitzende Bäuche füllten sich mit Eis.

– Auch das könnte meine Frau haben, mehrwöchige Ferien jedes Jahr am Meer, wenn sie das wünscht, oder in den Bergen, die mir persönlich mehr liegen.

– Ein schönes Leben, sagte sie.

Tut mir leid, wirklich, ganz von Herzen. Ja, ja, ein anderer. Sie kennen ihn nicht, ich auch nicht, einer, auf den ich warte. Nein, bestimmt, es geht nicht.

– Sie wissen, warum ich Ihnen das alles erzähle. Gewiß nicht, um Sie an Ihrem freien Wochenende zu langweilen, mit irgendwelchen Problemen, die Ihnen gleichgültig sind.

Sie sah weg.

Sorglos. Sein spitzzulaufender Zeigefinger. Der boshafte Schrei einer Möwe, wütender Alarm; heiße Luft, bläulicher, zitternder Dunst unten am Strand, träge warme Glieder geben sich sorglos gefährdet kaltklatschenden Wellen hin.

Sie zwängte ihr Eis durch die verklemmte Kehle, zugeschnürt, trocken.

Viele solcher Sommer. Schwitzen uns sorglos besorgt durch die Urlaubstage. Nein, nein, ich bedauere, es ist unmöglich.

Seine warme feuchte Hand legte sich auf ihre, spitzzulaufende Finger mit achtsam gefeilten, zu langen Nägeln umschlossen ihre ängstliche, abweisende Faust.

– Wollen Sie meine Frau werden?

Kreischender Alarm aus der Möwenkehle flog zurück, hungrige runde Augen bohrten sich höhnisch in ihren Blick, Flügel zerfetzten die dürre Luft, ein bißchen Wind. Fern am Strand zwei bunte Punkte, ein Mann und ein Mädchen, fast nicht zwei Personen.

– Ja, sagte sie und senkte den kühlen Alpakalöffel ins Eis.

Grün ist schöner

Ich bin ein grüner Mensch. Grün mit grünblauen Placken. Grüne Haut. Die Lippen von einem so schwärzlichen Grün, daß die Leute sich fürchten. Das wird überhaupt schlimm, wenn ich mal mehr unter Leute komme. In der Schule und dann als Erwachsener. Ich muß so viel wie möglich verdecken. Doktor Stempel hat auch immer Handschuhe an. Er hat Ekzem. Bei mir werden auch alle Leute neugierig drauf sein, was ich unter den Handschuhen habe. Sie werden denken, ich hätte Ekzem. Ich muß auch einen Namen dafür finden.

Das Kind drehte sich vor dem langen Badezimmerspiegel, betrachtete seinen nackten Körper, hob die stengeldünnen Ärmchen – alles grün, unten, oben; innen auch? Es trat näher an den Spiegel, streckte die Zunge heraus: finstre bläuliche Grünporen, ein fetter Grünlappen hing über die dunklen Lippen. Also auch innen grün. Es wischte den Tau seines Atems vom Glas, es lächelte sich zu: die blassen Zähne gefielen ihm.

Häßlich bin ich nicht. Nur unheimlich. Grüne Haut ist eigentlich schöner als braune oder rosige.

– Bist du schon im Wasser? rief die Stimme der Mutter die Treppe herauf und durch den Gangschlauch zu ihm ins Badezimmer. Bist du schon ein Frosch im Wasser?

Grüner Frosch im Wasser.

– Ja! schrie es.

Es patschte sich schnell in die knisternden Schaumwolken, glitschte an der Wannenschräge hinunter und schwitzte und schnaubte.

Aber das grüne Gesicht wird jeder sehn. Grün mit grünblauen Sprenkeln und einer fast schwarzen Zunge hinter fast schwarzen Lippen. Ich trag das grüne Haar tief in der Stirn, später krieg ich auch einen Bart, der wird auch grün. Und ich habe einen grünen Hals, ich winde immer einen Schal drumherum, der verdeckt auch den Nacken. Die Leute können denken, ich wär bloß im Gesicht grün. Alles andere ist normal. Ich sag: an den Händen hab ich Ekzem, deshalb die Handschuhe.

Sonst zeigt man ja nichts. Ich werde immer lange Hosen tragen.

– Ists schön im Wasser, du Frosch? rief die Mutter.

– Ja! schrie es.

Alle werden denken: wie ein Frosch sieht er aus. Aber ich kann natürlich nicht mit Mädchen und so, wie Dicki das macht, baden gehn. Ich bin ganz zurückhaltend, alle wollen mit mir baden gehn, alle Mädchen, immer werd ich gequält von allen Mädchen, baden zu gehn, aber ich bin ganz vornehm und ganz grün. Ich geh in der heißesten Sonne mit meinem Schal spazieren und mit den Handschuhen.

– Fröschlein, rief die Mutter, gleich komm ich und seh nach, ob du sauber bist.

Das Grüne wird mich natürlich von den andern absondern. Ich werd wie Onkel Walter: ein einsamer alter Mann. Nur schon, bevor ich alt bin.

Von der Badewanne aus konnte es in den Spiegel sehn. Es hob einen Arm aus dem Wasser: Schaumbläschen flüsterten; das nasse Grün glänzte, es sah schärfer und krasser aus als das trockne.

Schade, daß niemand je meine strahlende nasse Grünhaut sehn wird. Ich werde ein einsamer grüner Mann. Wie eine Schlange. Der Schlangenmann.

– Fröschlein, rief die Mutter, gleich hol ich dich raus!

– Ja, rief es.

Jetzt hab ich noch die Mutter, die weiß es. Später weiß es keiner mehr.

Es hörte die flinken Schritte auf der Treppe, im Gang. Die Tür klaffte; es hielt die Hände vor die Augen, denn dazu hatte es gar keine Lust! Ein Strom frischer Luft zog herein, und die Mutter knipste die Höhensonne aus und schaltete das gelbe weiche Deckenlicht an und sagte:

– So, nun komm, mein blasser sauberer Froschmann.

Elstern

An den kahlen Zweigen hingen nur noch die eingeschnurrten Samenwürmchen; der ganze Birkenhain war jetzt ein lichtes Strichmuster aus schlankem Weiß, schwarzgenarbt, darüber feines braunes Filigran. Als das einzig Dicke saß in der höchsten Astgabelung einer der Nordrandbirken das Nest der Elstern wie eine Spinne im Netz; sacht wehte es hin und her.

Ob aber das Nest noch bewohnt war? Seit ein paar Tagen sah er die großen schwarz-weißen Vögel nicht mehr ein- und ausfliegen. Zogen Elstern nach Süden? Er beschäftigte sich mit den Vögeln, aber es hätte ihn gelangweilt, über sie nachzulesen. Er nahm sie ziemlich menschlich, ihre sommerliche frohe Ehe ohne Kinder im Genuß ihrer hoch über alle Erdklebrigkeit wegschwingenden Freiheit imponierte ihm. In den ersten Augusttagen hatte er angefangen, sie zu beobachten. Vom Kopfkissen aus traf sein Blick mühelos das Nestbüschel: damals hockte es noch braun im üppigen feuchten Sommergrün. Dann dunkelte das Laub, das Nest fleckte den Kupferschein des Herbstes wie ein Schandmal – aber die Elstern führten ihr flinkes freudiges Flugleben weiter; Liebesnest, dachte er neidisch. Hatten Elstern Sorgen, kinderlose Elstern? Frühabends kehrte das Paar zurück, wippte im Wipfel; er verpaßte nie die Minuten der Ankunft.

Kurz danach kam meistens Rosie an sein Bett, erschöpft zwischen Spielen und Schlafengehn; ihre fleckigen Hände pappten an seiner Haut – warum konnte man sie nicht gewaschen zu ihm bringen? – er lag still und wagte nicht, sie abzuwehren, Rosies Stimme fiel schnell in ein drängelndes Nörgeln, wenn er nicht aufmerksam und zärtlich war; der kleine rötliche Schorf, immer irgendwo in ihrem Gesicht, reizte ihn, schmerzte ihn. Einmal hatte er es anders versucht: Rosie einzuweihen. Sieh mal da oben, Elstern, jetzt sind sie zurückgekommen, seit dem Mittagessen waren sie weg. Aber die ahnungslose Neugier des Kindes verscheuchte seine Vertraulichkeit. Ach Elstern, sind das die Vögel, die Sachen stehlen? Unzufrieden: er steifte sich, überhörte die Fragerei, die er ausgelöst hatte. Stehlen! Sein Privatschatz, er wollte ihn nicht mehr antasten lassen.

Denn leider könnte er Vera nichts von den Elstern erzählen. Lachen würde ihn sofort unterbrechen: du liebe Zeit, man sieht, die Krankheit schadet deinem armen Kopf! Es zeigt sich, wohin das lange Liegen leider führt. O, was müßte im Winter aus ihm werden: die Vögel schienen jetzt weg zu sein, endgültig; langes Liegen im Winter ohne Elstern? Was würde, ohne die Vögel, aus seinem Kopf werden?

Er lag flach da: in den späteren Stunden des Tags gab er es auf, das Rutschen des Gebäudes aus heißen verdrückten Kopfkissen zu bekämpfen, gegen den Abend hin zerstörte sich langsam die Ordnung der Decken, Tücher; er starrte in den wolkenverschmierten Himmel mit dem darübergespannten Astgewebe und dem schwarzen Nestklecks, grübelte: ohne Kind, ohne Mitleid waren sie weggeflogen, und so würden sie zurückkehren, das Nest im Birkenhain wiederfinden – daran hielt seine Hoffnung fest. Vielleicht wäre er dann – an einem schnellen flüssigen Frühlingstag mit erdigem Atem – schon so weit, daß er wieder aufstehn dürfte; ich will auf keinen Fall, dachte er, was auch kommen sollte, wenn ich noch so gesund und beschäftigt sein sollte, die Elstern drüber vergessen.

Eines Abends kam es ihm so vor, als seien die Elstern wieder da. Aber jetzt waren sie wirklich zu Menschen geworden, ihre ganz gewichtlose heitere Gemeinschaft wirklich menschlich, Mann und Frau, aus Vogelstimme und Vogelgestalt herausgeschlüpft. Er lag in seinem sich stetig und langsam zerstörenden Abendbett und hörte schrilles leises Frauengelächter, das gurrende dämpfende zufriedene Gemurmel des Mannes. Er starrte auf den schwarzen Fleck: aber natürlich war das Nest leer, das wunderte ihn nicht, jetzt standen die Elstern, Mann und Frau, am Nordrand des Birkenhains, vielleicht lehnten sie am Stamm ihres Wohnbaums, und ihr Gelächter, ihr schwereloses freies geheimes Glück, unmitteilbar, girrte zu ihm herein durch den Fensterspalt. Er hörte zu mit der alten neidischen Aufmerksamkeit. Es kam ihm so vor, als habe er selbst es den Vögeln erlaubt – oder hatte er sie sogar dazu gezwungen? – Menschen zu werden; das waren also seine Geschöpfe da unten, sie hingen von ihm ab. Auf einmal spürte er einen verschlafenen Groll: war er nicht ein Trottel, ein selbstloser Phantast, sich an gewissenlosen Liebeleien zu berauschen?

Er stand auf, ging zum Fenster. Die Dämmerung hüllte sich in sämige Nachtschatten. Durch den Spalt zwischen den Fensterflügeln strichen flache Strähnen weicher Herbstluft. Zwei Lichtschichten: vorm Himmel konnte man noch das Birkengeäst erkennen, die Dunkelheit schien vom Boden heraufzudampfen. Er brauchte eine Zeitlang, um die beiden im Dickicht der Schwärze ausfindig zu machen: wirklich fand er sie am Elsternbaum, ihr Gekicher leitete seine Augen. Mann und Frau: ein Klumpen Finsternis. Ganz ohne Anmut. Sein Zorn wachte auf. Er gönnte es ihnen nicht. Er hätte sie in Vögel zurückverwandeln wollen. O, Vögel aus ihnen allen machen zu können! Rosie ein flinkes glattes Vogeljunges; bald flöge sie weg. Kein Erbarmen, kein Schmerz; von ihren schwarzweißen Vogelschwingen fiele alles Gewicht. Und Vera: Vogelfrau mit ihrem Vogelgalan. Er starrte hinunter. Der Mann war ziemlich groß; die beiden ballten die Nacht zu einer buckligen hartnäckigen Geschwulst. Er hatte seine Augen jetzt ganz an die neblige Schwärze gewöhnt: er erkannte die schmale Form ihres Mantels, sah die Brosche am Kragen blitzen.

In der Wohnung schlug eine Tür zeternd in den Rahmen. Sollte er Rosie rufen?

Er ging ins Bett zurück, legte sich flach in die aufgelöste Ordnung. Die Elstern kämen nie wieder. Er schob die Beine hin und her: die kleine Pause am Fenster hatte das Leinenzeug angenehm ausgekühlt.